तिश्नगी

(दीवान-ए-हाफ़िज़)

तिश्नगी

(दीवान-ए-हाफ़िज़)

गौरव कृष्ण बंसल 'हाफ़िज़'

प्रतिभा प्रतिष्ठान, नई दिल्ली

प्रकाशक : प्रतिभा प्रतिष्ठान,
694–बी (निकट अजय मार्केट), चावड़ी बाजार, दिल्ली–110006
 / संस्करण : प्रथम, 2023 / पेपरबैक मूल्य : तीन सौ रुपए
मुद्रक : आर–टेक ऑफसेट प्रिंटर्स, दिल्ली ISBN 978-81-19032-04-4

TISHNAGI

Poems by Shri Gaurav Krishna Bansal 'Hafiz' ₹ 300.00 (PB)
Published by **PRATIBHA PRATISHTHAN**
694-B (Near Ajay Market), Chawri Bazar, Delhi-110006

बूढ़े बदन में जाने जवानी कहाँ पे हो,
ठंडे-जमे लहू में रवानी कहाँ पे हो;
फिर ढूँढ़कर जगह नई कुदाल उठाओ,
क्या जाने कोई रेत में पानी कहाँ पे हो;

पेश-लफ़्ज़

उर्दू अदब से मुहब्बत करने वाले सभी को गौरव कृष्ण बंसल 'हाफ़िज़' का सलाम।

आज 'तिश्नगी' के बारे में कुछ लिखने बैठा हूँ तो समझ नहीं पा रहा हूँ कि क्या लिखूँ। आप जो पढ़ने जा रहे हैं वो महज़ शायरी नहीं है। ये एक सफ़रनामा है, जिसका हर सफ़्ह एक कहानी कहता है। जब से होश सम्हाला ख़ुद को अपने ख़यालात और जज़्बात को काग़ज़ पर दर्ज करते हुए पाया। मेरे ख़ानदान में किसी ने उर्दू नहीं पढ़ी। मेरे मरहूम दादाजी को उर्दू और फ़ारसी आती थी, ऐसा मेरे वालिद साहब बताते हैं। मगर उनका इंतकाल मेरी विलादत से क़ब्ल हो गया था। मैंने भी बचपन से हिंदी और संस्कृत ही पढ़ी।

ज़ाहिर सी बात है कि जिस घर में उर्दू न बोली जाती हो, उसमें शुरुआत तो हिंदी में ही होगी। लिहाज़ा मेरी कविता और शायरी के सफ़र की शुरुआत भी हिंदी से ही हुई। इस शुरुआत की कहानी भी काफ़ी दिलचस्प है। मैं स्कूल में दूसरे दर्जे में था। उस वक़्त मुझे प्यार था तो सिर्फ़ दो चीज़ों से-आम और पतंगबाज़ी। सो मैंने अपने पहले प्यार 'आम' पर एक कविता लिखी। कविता के बोल थे-"मीठे और रसीले आम, हरे-हरे और पीले आम"। मेरे साथ मेरी क्लास में मेरी एक हम-सबक़ थी (नाम जानबूझ के नहीं लिख रहा हूँ)। उसको मैंने अपनी वो पहली कविता सुनाई और उसने उसकी तारीफ़ करते हुए मेरी कविता को अपनी ख़ूबसूरत, मोतियों जैसी लिखावट में मेरी एक खाली कॉपी के आख़िरी सफ़्ह पर लिख दिया। मैं शायद अपनी उस कविता को दोबारा नहीं पढ़ता, मगर उस ख़ूबसूरत लिखावट में लिखी मेरी उस कविता को मैंने घर आ कर कई बार पढ़ा। अगले दिन फिर कुछ और

लिखा और फिर मेरी उस हम-सबक़ ने उसकी तारीफ़ करते हुए उसे उसी कॉपी के दूसरे पन्ने में क़रीने से लिख दिया। एक बार फिर घर आकर मैंने अपनी उस कविता को कई बार पढ़ा। बस, इस तरह सिलसिला चल पड़ा। मैं कुछ लिखता। वो उसे मेरी कॉपी में अपने हाथ से दर्ज कर देती, और मेरा फिर कुछ लिखने का मन होता। हम दोनों दूसरे दर्जे से आठवें दर्जे तक साथ पढ़े। और इन सालों में यह सिलसिला कमोबेश ऐसे ही चलता रहा। हाँ, यह बात है कि मैं रोज़ाना कुछ नया नहीं लिखता था। मगर जब भी लिखता, वो उसे अपनी लिखावट में मेरी कॉपी में दर्ज कर देती। इस तरह शुरू हुई मेरी काव्य-यात्रा।

मेरा ऐसा मानना है कि कविता, शायरी और संगीत, ये तीनों कोई किसी को सिखा नहीं सकता। अगर किसी में यह फ़न होता है तो पैदायशी होता है। हाँ, ये बात और है कि इस पैदायशी फ़न को लगातार रियाज़ से और उस्तादों से सलाह ले कर और बेहतर किया जा सकता है। मेरे वालिद साहब बताते हैं कि मेरे दादाजी उर्दू और फ़ारसी जानने के साथ-साथ अंग्रेज़ी के भी बड़े आलिम थे और अंग्रेज़ी में बहुत ही आला-दर्जे की कविता कहते थे। मेरे छोटे ताऊजी भी हिंदी में बहुत अच्छी कविता कहते हैं। लिहाज़ा मैं इस नतीजे पर पँहुचा कि कविता और शायरी मुझे विरासत में मिलीं। मेरी माँ बहुत ही अच्छा गाती हैं। उनसे मुझे सुर मिला और बहुत ही छोटी उम्र से मैं गाने लग गया। यह मेरी ख़ुशनसीबी कहिए या हुस्न-ए-इत्तिफाक़ कि पिताजी की तरफ़ से कविता मिली और माँ की तरफ़ से सुर-ताल की समझ। इन दोनों ने मिल कर एक कवि-एक शायर पैदा किया, जिसका दीवान आपके हाथों में है।

अब जैसा मैंने शुरू में ही कहा कि हमारे ख़ानदान में किसी ने भी उर्दू नहीं पढ़ी। मैंने भी हिंदी और संस्कृत पढ़ी। तो सवाल यह उठता है कि मैं उर्दू का शायर कैसे बना? यह भी एक इत्तिफाक़ से हुआ। मेरे वालिद साहब भारतीय पुलिस सेवा (IPS) के अफ़सर हैं। उनका उत्तर प्रदेश कैडर है। मैं स्कूल में दूसरे दर्जे में था, जब हम लोग लखनऊ आ गए थे। उसके बाद 26

साल का होने तक कमोबेश मैं लगातार लखनऊ में ही रहा।

अब लखनऊ के बारे में मैं क्या कहूँ? लखनऊ महज़ एक शहर नहीं है। लखनऊ एक सलीक़ा है, उर्दू की दर्सगाह है, 'एजुकेशन' है। अगर कोई थोड़ा वक़्त भी लखनऊ में गुज़ार ले तो भी ताज़िंदगी इस शहर की छाप उस पर दिखती है। फिर मैंने तो बचपन से लेकर जवानी तक का सफ़र इसी नायाब शहर में तय किया। मैं ख़ुशनसीब था कि जो कभी लखनऊ छोड़कर हॉस्टल भी नहीं गया। एक-आध बार, एक-दो सालों के लिए दूसरे शहरों में जाना हुआ, मगर इसमें कोई शुब्हा नहीं कि मेरी परवरिश लखनऊ में ही हुई। ये लखनऊ ही है जिसे न जाने कितने ही शायरों ने अपनी शायरी में याद किया है। अलग-अलग शोअरा इस शहर के बारे में अपनी राय अलग-अलग तरीके से रखते हैं।

मसलन, मिर्ज़ा ग़ालिब कहते हैं—

"लखनऊ आने का बाइस नहीं खुलता यानी,
हवस-ए-सैर-ओ-तमाशा सो वह कम है हमको;"

वहीं बिस्मिल सईदी ने कहा है—

"किया तबाह तो दिल्ली ने भी बहुत 'बिस्मिल',
मगर ख़ुदा की क़सम लखनऊ ने लूट लिया"

'80 और '90 के दशकों में जब मैं लखनऊ में बड़ा हो रहा था, तब लखनऊ की ज़बान की बात कुछ और थी। उस वक़्त लखनऊ सचमुच नज़ाकत, नफ़ासत और तहज़ीब का शहर था। अदब का शहर था। लखनऊ में जो ज़बान बोली जाती थी, वो थी तो हिंदी ही, मगर उसमें उर्दू ऐसे घुली-मिली थी जैसे शर्बत में चीनी। और ऐसा नहीं था कि ये हिंदी-उर्दू की मिली जुली शीरीं ज़बान सिर्फ़ लखनऊ के मुसलमान बोलते थे। ये ज़बान लखनऊ की आम बोलचाल की भाषा थी, जिसे लगभग हर तबके और मज़हब के लोग बोलते थे। हाँ, इस बात से इन्कार नहीं किया जा सकता कि मुसलमान

घरों में उर्दू का इस्तेमाल आम बोलचाल की भाषा से कहीं ज़ियादा था।

यह भी मेरी ख़ुशक़िस्मती रही कि शुरू से ही मेरे बहुत सारे मुस्लिम दोस्त रहे। ये दोस्त अलग-अलग 'सोशल-स्ट्रेटा' से आते थे। मसलन एक दोस्त के वालिद साहब क्लर्क थे तो दूसरे के मशहूर डॉक्टर। मगर अदब इन सभी घरों में बराबर था। मुझे याद है कि मैं पाँचवें दर्जे में था, जब मैं अपने एक मुसलमान दोस्त के घर गया। उसके वालिद साहब ने अपनी बेगम साहिबा को आवाज़ लगाई।

"बेगम आइए तो देखिए, बंसल साहब के साहबज़ादे आए हैं।"

फिर मुझसे बोले।

"जनाब, आप तशरीफ़ रखिए, आपकी आंटी आप के लिए ठंडाई ले कर आ रही हैं।"

अब आप ही बताइए, इस ज़बान से किसको मुहब्बत नहीं हो जाएगी? कौन सा ऐसा शहर होगा, जिसमें पाँचवीं के लड़के से ऐसे अदब और सलीक़े से बात की जाती होगी?

ख़ैर, वक़्त गुज़रा। मैं बड़ा होने लगा। कविता और शायरी का सिलसिला बदस्तूर जारी रहा। आहिस्ता-आहिस्ता, चुपके से, पहली ग़ज़ल क़लम से काग़ज़ पर उतरी। उस वक़्त मैं नौवें दर्जे में, यानी 15 साल का था। वो ग़ज़ल आज भी एक पुरानी डायरी में है। मगर उसे मैं आपके सामने इस दीवान में नहीं रख सकता। एक बच्चे की बचकानी शायरी है वो। पर वो एक शुरुआत तो थी ही। पहली ग़ज़ल लिखी गई तो फिर सिलसिला चल पड़ा। लिखता रहा तो धीरे-धीरे शायरी की समझ बढ़ी और सफ़ह दर सफ़ह डायरी के पन्ने भरते गए।

मैं लिखता रहा, मगर कभी भी ज़ह्न में यह ख़्याल नहीं आया कि आगे चलकर कभी एक दीवान भी छपेगा। हिंदी में लिखने की एक विधा है। इसे 'स्वांतः सुखाय' कहते हैं। 'स्वांतः सुखाय', यानी अपनी ज़ाती तसल्ली के लिए। ज़ाहिर सी बात है कि जब आप 'स्वांतः सुखाय' लिखते हैं तो इस बात की परवाह तो होती नहीं कि "अमुक तारीख़ तक इतने कलाम कहने हैं।"

चुनाँचे कभी ऐसे भी हुआ कि एक दिन में कई कलाम कहे, और कभी ऐसा भी हुआ कि पूरा साल गुज़र गया और एक या दो ग़ज़लें या नज़्में ही कही गईं।

इस तरह साल गुज़रते गए। इन सालों में मैंने कॉलेज के मंच पर और दूसरे कुछ मंचों पर कविताएँ और शायरी सुनाना शुरू कर दिया था। वक़्त के साथ मेरे पास लखनऊ से और आस-पास के कस्बों से कवि-सम्मेलनों और मुशायरों के न्योते आने लगे।

मुशायरे और कवि-सम्मेलन का मंच बोर्ड के इम्तेहान की तरह होता है। वहाँ आपको सुनने वाले आपके दोस्त या मुरीद नहीं होते। एक ही मंच पर आप होते हैं और एक से एक दिग्गज शायर और कवि भी होते हैं। सब शायरों और कवियों के अपने-अपने कलाम और अपने-अपने अंदाज़ होते हैं। मंच पर ही पता चलता है कि आप जो भी लिख रहे हैं, उसमें कितना वज़्न और कितनी गहराई है।

मुझे याद है कि मैंने पहला बड़ा कवि-सम्मेलन और मुशायरा लखनऊ के पास देवा शरीफ़ में हाजी वारिस अली शाह साहब की मज़ार पर होने वाले सालाना उर्स के मौक़े पर होने वाले मेले में पढ़ा था। मंच पर बड़े-बड़े कवि और शायर थे। पद्मश्री गोपाल दास 'नीरज' जी की भी शिरकत हुई थी। मैंने शुरुआत कुछ मुक्तकों से की। पहली रुबाई से ही वाहवाही और दाद मिलनी शुरू हुई। फिर मैंने कुछ ग़ज़लें और अपनी एक प्रतिनिधि कविता पढ़ी। कुल मिलाकर मैंने थोड़ी देर ही पढ़ा मगर क़ामयाब रहा। अपनी बारी के बाद मैं पद्मश्री गोपालदासजी के पास गया। उन्होंने बस इतना कहा—

"अच्छा लिख रहे हो। लिखते रहो।"

उनके मुँह से ये सुनना था कि मुझे लगा, जैसे मैं बोर्ड के इम्तेहान में अच्छे नंबर ले कर पास हो गया। उस वक़्त मैं 19 साल का था।

उसके बाद मैं आई.ए.एस. के इम्तेहान की तैयारी करने लगा। मगर वक़्त मिलने पर कभी-कभार कवि-सम्मेलनों और मुशायरों में भी चला जाता था।

साल 2000 में मेरा सेलेक्शन सिविल सर्विसेज़ में हो गया। तब तक मैं

लखनऊ में बतौर एक युवा शायर और कवि थोड़ी-बहुत पहचान बना चुका था। लखनऊ में ऑल इंडिया रेडियो (एफ.एम) तब नया-नया शुरू हुआ था। उसमें मैं थोड़े से वक़्त के लिए 'रेडियो जॉकी' भी रह चुका था।

सिविल सर्विसेज़ के इम्तेहान के मार्फ़त मुझे भारतीय रेल यातायात सेवा (IRTS) मिली। एक बार रेल की नौकरी में आया तो ज़िंदगी सचमुच रेल पर सवार हो गई। रेलवे स्टेशनों की तरह ज़िंदगी के मुक़ाम आते गए और पीछे छूटते गए। साल निकलते गए। मैं लिखता रहा। पहली किताब उर्दू शायरी की छपी। छोटी सी किताब थी, नाम था 'सबकुछ', उस वक़्त मैं 31 साल का था। किताब ने बतौर शायर थोड़ी सी पहचान बढ़ाई। उस समय टाइम्स ऑफ इंडिया अख़बार ने ग़ैर-मुस्लिम उर्दू शायरों पर एक फ़ीचर किया। उसमें मुझे बड़े शायरों के बराबर की जगह मिली।

उसके बाद गुज़रते सालों में चार और किताबें आईं। दो अंग्रेजी में और दो हिंदी में। इन सालों में भी उर्दू शायरी चलती रही, मगर दीवान छपवाने का ख़याल नहीं आया।

मैं इलाहाबाद में था, जब साल 2017 में राजकुमार राव की पिक्चर 'शादी में ज़रूर आना' में एक 'सिचुएशनल' गीत लिखने का मौक़ा मिला। गीत के बोल थे 'ठुकरा के मेरा प्यार, मेरा इंतेकाम देखेगी'। ख़ुशक़िस्मती से ये गीत फ़िल्म का ट्रेलर लॉन्च होते ही छा गया। पिक्चर परदे पर आई तो इस गीत ने युवा पीढ़ी में प्यार में चोट खाए देवदास की पूरी इमेज ही बदलकर रख दी। इस गीत के आने के बाद प्यार में धोखा खाया हुआ लड़का अब देवदास की तरह डिप्रेशन में जाकर जान नहीं देता, बल्कि यू.पी.एस.सी. का कंपीटीशन निकालकर आई.ए.एस. अफ़सर बनता है!

'सबकुछ' साल 2007 में आई थी। 'तिश्नगी' 2023 में छप रही है। तो आप सवाल कर सकते हैं कि मुझे इतने वक़्त बाद दीवान छपवाने का ख़याल कैसे आया?

हुआ यूँ कि एक दिन मैंने सोचा कि पुरानी डायरियों में दर्ज, मोबाइल की वाट्सऐप चैट्स में छिपी और कंप्यूटर पर यहाँ-वहाँ बिखरी अपनी ग़ज़लों,

रुबाइयों और नज़्मों को एक जगह इकट्ठा कर लिया जाए। सो कलाम इकट्ठा करने का 'प्रोसेस' चालू हुआ। जैसे-जैसे मैं कलाम कंप्यूटर की वर्ड-फ़ाइल में टाइप करता गया, वैसे-वैसे फ़ाइल बड़ी होती गई। कुछ दिन यही सिलसिला चला और आख़िर जब सारे कलाम उस फ़ाइल में आ गए तो उस फ़ाइल ने एक किताब-एक दीवान-की शक्ल इख़्तियार कर ली।

मैं सारे कलाम एक जगह इकट्ठे करके ही खुश था। नया साल 2023 लगा ही था, तभी एक के बाद एक बुरी ख़बरें आनी शुरू हुईं। एक-दो महीनों के वक़्त में ही चार बेहद क़रीबी बड़ों के इंतकाल की ख़बरें मिलीं। दिल हिल गया। फिर एक दिन ऐसे ही ख़यालात में डूब-उतरा रहा था कि मन में यह ख़याल आया कि "मौत का तो कोई भरोसा नहीं है। ये तो कभी भी, कहीं भी, किसी को भी आ सकती है।" ख़याल बुरा तो था मगर सच था। बीते दिनों में कोरोना महामारी ने हम सबको यह तो दिखा ही दिया है कि ज़िंदगी का कोई भरोसा नहीं और दुनिया से जाने की कोई उम्र भी नहीं। मसलन कोरोना ने हम सब से हमारे वक़्त के सबसे बड़े ग़ज़लकार डॉ. कुँवर 'बेचैन' साहब को छीन लिया। अच्छे-भले थे वो। हममें से किसी ने सपने में भी नहीं सोचा था कि वो ऐसे अचानक चले जाएँगे। मगर वो चले गए।

तो गर्ज़ ये कि मैं इन ख़यालात में खोया हुआ था। सामने कंप्यूटर स्क्रीन पर 'तिश्नगी' की फ़ाइल खुली हुई थी। अचानक मन में आया कि दीवान तो तैयार है ही। क्यों न इसे छपवा भी दिया जाए। अमूमन जब भी आप कोई किताब लिखते हैं तो सबसे मुश्किल होता है उसका उनवान सोचना। ये मुश्किल शेक्सपीयर जैसे महान लेखक को भी रही तो मैं क्या चीज हूँ। मगर मुझे उतनी मशक़्क़त नहीं करनी पड़ी, जितनी शेक्सपीयर को करनी पड़ती थी। मुझे उनवान फ़ौरन मिल गया। सामने स्क्रीन पर जो ग़ज़ल थी, उसका पहला शेर था "एक बेलौस तिश्नगी बनके, मौत आई तो ज़िंदगी बनके"। मैं इस शेर को देखता रहा और ज़िंदगी के बारे में सोचता रहा। क्या है ज़िंदगी? एक खोज, एक प्यास ही तो है। एक ऐसी प्यास, जो कभी बुझती नहीं। एक तिश्नगी।

इस दीवान के पीछे का मक़सद शोहरत पाना नहीं है। झूठ नहीं बोलूँगा, जब मैं नौजवान था, तब मशहूर होने का शौक़ था, जैसे कि ज़्यादातर नौजवानों को होता है। बहुत ज़्यादा नहीं, मगर ज़िंदगी में थोड़ी सी शोहरत मिली भी। उस थोड़ी सी शोहरत के अंदर के ख़ालीपन ने मुझे बहुत जल्द ही ये सिखा दिया कि ज़िंदगी में कुछ भी करने का मक़सद शोहरत पाना नहीं होना चाहिए। तो अगर इस दीवान का मक़सद शोहरत पाना नहीं है तो और क्या है? सच तो ये है कि जब आप एक किताब लिखते हैं और उसे छपवाते हैं तो आप आने वाली नस्लों के लिए एक दस्तावेज़ तैयार करते हैं। 'तिश्नगी' साल-दो-साल में नहीं लिखी गई। इस दीवान को लिखे जाने में तीस साल से ज़ियादा लगे हैं। तीस साल¨ यानी एक उम्र। इसी लिए शुरुआत में ही मैंने आप से कहा कि जो आप पढ़ने जा रहे हैं, वो महज़ शायरी नहीं है बल्कि एक सफ़रनामा है।

चूँकि इस दीवान में इतने लंबे वक़्त में लिखे गए कलाम हैं, इसलिए आपको अलग-अलग रचनाओं में काफ़ी फ़र्क़ मिलेगा। हो सकता है कि कुछ रचनाएँ आपको उतनी भरकम न लगें। ऐसे में ये समझ लीजिएगा कि जो आप पढ़ रहे हैं वो इस नाचीज़ का शुरुआती दौर का कलाम है; उस दौर का जब मेरे बालों में इतनी चाँदी नहीं थी।

मैंने कैसा लिखा, इसका फ़ैसला तो सिर्फ़ आप ही कर सकते हैं। मगर शेर-ओ-सुख़न के मेरे आज तक के सफ़र में मेरा साथ कुछ लोगों ने बदस्तूर निभाया है। मैं नाम लेना चाहूँगा अपनी दोस्त नसीम अंसारी कोचर का। वो ख़ुद एक बेहतरीन शायरा हैं और अपना दीवान न छपवा कर उर्दू अदब के साथ निहायत नाइंसाफ़ी कर रही हैं। नसीम गाती भी बहुत मीठा हैं। उनको जानते हुए मुझे 25 साल से ज़ियादा हो गए। जब हम दोनों लखनऊ में थे (और ख़ुदा के फ़ज़्ल से कुँवारे थे), तो मैं नया कलाम लिखते ही नसीम के घर पहुँच जाता था और उन्हें सुनाता था। हम लखनऊ के चिड़ियाघर के सामने बने उनके पुराने हवेलीनुमा घर की बैठक में बैठकर चाय की चुस्कियाँ लेते थे और शायरी का सिलसिला चलता रहता था। कुछ मैं सुनाता था और कुछ नसीम। ये सिलसिला कई सालों तक लगातार चला; जब तक

मैं नौकरी के कारण लखनऊ से बाहर नहीं चला गया। मेरे लखनऊ छोड़ने के कुछ वक़्त बाद नसीम भी शादी करके दिल्ली शिफ़्ट हो गईं। मगर इस बीच स्मार्टफ़ोन आ जाने से उनको कलाम भेजने का ज़रिया मिल गया। आज भी मैं नई ग़ज़ल, नज़्म या रुबाई, या कोई हिंदी की नई कविता सबसे पहले नसीम को ही भेजता हूँ, चाहे कितनी भी रात हो गई हो। नसीम भी उसे पढ़ कर उसपर अपनी राय ज़रूर भेजती हैं।

दूसरा नाम जो मैं लेना चाहूँगा, वो है इलाहाबाद के मशहूर शायर और उर्दू के आलिम जनाब रुस्तम इलाहाबादी का। उर्दू शायरी के 'टेक्निकल' पक्ष पर उनकी ज़बरदस्त पकड़ है। मैं अक्सर उन्हें अपनी ग़ज़लें भेजा करता हूँ और अगर उनको ग़ज़ल में कोई कमी दिखती है तो वो न केवल अपनी बेबाक राय देते हैं, बल्कि अपना क़ीमती वक़्त लगाकर इस्लाह भी कर देते हैं। दोनों ही शख़्सियात का मैं शुक्रगुज़ार हूँ।

मैं तह-ए-दिल से शुक्रिया अदा करना चाहूँगा अपने बड़े भाई जनाब विकास कृष्ण बंसल का। वो मेरी ज़िंदगी की धुरी हैं और बड़प्पन की साक्षात प्रतिमूर्ति हैं। मैं ज़िंदगी में किसी भी मुक़ाम पर क्यों न पँहुच जाऊँ, उनके लिए बच्चा ही रहूँगा। वो ख़ुद एक बड़े आला दर्जे के लेखक और फोटोग्राफ़र रहे हैं। उन्होंने हमेशा मेरी हौसलाअफ़ज़ाई की है और मेरी हर क़ामयाबी का लुत्फ़ ऐसे उठाया है, जैसे वो उनकी अपनी क़ामयाबी हो। उनको मैं शुक्रिया तो क्या कहूँ, बस इतना कह सकता हूँ कि मैं बेहद ख़ुशनसीब हूँ कि मुझे उनके जैसा बड़ा भाई मिला और ईश्वर से प्रार्थना कर सकता हूँ कि सबको उनके जैसा ही बड़ा भाई मिले।

मैं ईश्वर का शुक्रिया अदा करना चाहूँगा कि उन्होंने मुझे श्री के.के. बंसल जैसे पिता और डॉक्टर वीना बंसल जैसी माँ अता किए। मेरे वालिद साहब और मेरी वालदा ने हमेशा मेरी कविता और शायरी को 'एन्जॉय' किया है और मेरी हौसलाअफ़ज़ाई की है। उनकी दुआएँ मेरे साथ साये की तरह लगी रहती हैं। मैं एक बार फिर ईश्वर से प्रार्थना करूँगा कि सबको मेरे वालिदैन जैसे माँ-बाप नसीब हों।

आख़िर में मैं उन सब क़द्रदानों का तह-ए-दिल से शुक्रिया अदा करना चाहूँगा, जिन्होंने मंचों से मेरी शायरी को सुनकर दाद दी, या फिर मेरी कविताओं और शायरी को पढ़ा और सराहा।

उर्दू अदब एक महासागर है और 'तिश्नगी' उस महासागर में एक बूँद के बराबर है। मुझे नहीं पता कि मैं इस ज़िंदगी में एक और दीवान लिख पाऊँगा या नहीं। तीस साल से ऊपर के वक़्त में जो लिखा, वो आपके हाथों में है।

मैंने शुरू में ही कहा कि मैंने उर्दू की कोई तालीम नहीं ली। हाँ, लाल बहादुर शास्त्री राष्ट्रीय प्रशासन अकादमी, मसूरी में ट्रेनिंग लेते हुए, साल 2001 में मैंने उर्दू लिखना-पढ़ना ज़रूर सीखा।

ऐसे में हो सकता है कि आपको कुछ ग़लतियाँ मिल जाएँ। ख़ासकर मेरी शुरुआती ग़ज़लों में। उन ग़लतियों के लिए मैं आपसे मुआफ़ी चाहता हूँ।

आख़िर में मैं अपनी बात को ये कहकर ख़त्म करूँगा कि हिंदी और संस्कृत का छात्र होकर उर्दू अदब से बेपनाह मोहब्बत करने वाले एक तालिबइल्म की हैसियत से जो भी ख़िदमात अंजाम दे सका, उसके लिए मैं मसर्रतों का एहसास कर रहा हूँ; और उर्दू अदब ने जो मुझे इज़्ज़त दिलाई, वो मेरे लिए बेहद फ़ख़्र की बात है।

मेरी इ-मेल है shayarhafiz@gmail.com। आप चाहें तो इस पर अपनी प्रतिक्रिया भेज सकते हैं। मुझे आपके ख़त का इंतज़ार रहेगा।

आपका

—गौरव कृष्ण बंसल 'हाफ़िज़'

त'आरुफ़

क्या आपको पता है कि एक अच्छी ग़ज़ल या नज़्म की क्या ख़ासियत है? वो क्या चीज़ है, जो शायरी को मुक़म्मल करती है? ज़रा सोचिए। मेरे साथ अक्सर ऐसा होता है कि मिर्ज़ा ग़ालिब का कोई शेर मेरे ज़ेहन में सुबह आता है और फिर मैं दिनभर उसी एक शेर का लुत्फ़ उठाता रहता हूँ। यही अच्छी शायरी की ख़ासियत है। बेहतर शायरी 'टाइमलेस' होती है। वो कभी पुरानी-बेस्वाद नहीं होती। आप एक ही शेर के ज़ायक़े का लुत्फ़ दिनभर उठा सकते हैं। या एक ही क़िताब का आनंद ज़िंदगी भर ले सकते हैं। 'प्रोस' के उलट, 'पोएट्री' बड़ी ही नाज़ुक चीज़ है। नस्र का रिश्ता दिमाग़ से होता है और नज़्म का दिल से। इसीलिए, अगर आपके दिल में कोई जज़्बा है-प्यार, मसर्रत, अफ़सोस, गुस्सा या और कुछ-तो आप उसे इस दीवान में ज़रूर पढ़ेंगे। कई बार ऐसा होता है कि हम अपने जज़्बे को लफ़्ज़ नहीं दे पाते। अगर आपके अंदर जज़्बात हैं, तो बहुत मुमकिन है कि दीवान-ए-हाफ़िज़ आपके जज़्बात को अल्फ़ाज़ दे दे। अगर आप किसी से कुछ कहना चाहते हैं तो शायद ये किताब बड़ी तहज़ीब से, तरीक़े से अपनी बात कहने में आपकी मददगार साबित हो। ऐसा भी हो सकता है कि जो नए शोअरा अदब की दुनिया में क़दम रख रहे हैं, उन्हें इस दीवान से कुछ सीखने को भी मिल जाए। इस किताब में उर्दू शायरी की तीनों सिनफ़ें (विधाएँ) हैं-ग़ज़ल, रुबाई और नज़्म। मैंने फ़िल्म इंडस्ट्री के लिए अभी तक एक ही गीत लिखा है। अगर उस गीत ने-जो इस किताब में है-नौजवान पीढ़ी के दिल में अपनी मुक़म्मल जगह बनाई है, तो सिर्फ़ इसलिए, क्योंकि वो चार-पाँच ज़ुबानों के अल्फ़ाज़ की ऊल-जलूल तुकबंदी नहीं है, बल्कि एक क़ामयाब नज़्म है। उसके अल्फ़ाज़, उसके अंदर की 'फ़ीलिंग' ने मुल्क के नौजवानों के दिल के

अंदर छुपी कुछ कर दिखाने की चाह को छुआ और उससे बाहर निकलने का ज़रिया दिया। उसने नौजवानों को ये बताया कि दिल टूटने पर ख़ुद को ख़त्म नहीं कर लेना है, वरन् ऐसे हालात में मेहनत करके ख़ुद को इतना बड़ा बनाना है कि जिसने दिल तोड़ा, उसे अफ़सोस हो जाए। इसीलिए 'तिश्नगी' महज़ एक किताब नहीं है। ये आपकी दोस्त है। आप इस क़िताब के पन्ने पलटिए और बहुत मुमकिन है कि आपको किसी पन्ने पर आपकी ख़ुशी बाँटती हुई कोई ग़ज़ल, या आपके बिछड़े दोस्त को बुलाती हुई कोई नज़्म, या फ़िर आपकी उदासी को साझा करती हुई कोई रुबाई मिल जाए। आज एक ग़लत 'नरेटिव' शुरू हो गया है कि लोग किताबें पढ़ना नहीं चाहते। इस दीवान के ज़रिए मैं इस नरेटिव को नकारना चाहता हूँ। मेरा मानना है कि अगर लोगों को अच्छा कंटेंट मिलेगा तो वो किताब खरीदेंगे भी और पढ़ेंगे भी। इसी यक़ीन के साथ मैं ये दीवान आपके सामने रख रहा हूँ। मुझे उम्मीद है कि आप 'दीवान-ए-हाफ़िज़' को पसंद करेंगे।

अनुक्रम

ग़ज़ल

सियासत के अलावा और भी बातें हैं दुनिया में,
ज़रा बैठो हमारे साथ थोड़ी गुफ़्तगू कर लो;

इबादत साथ में मिलकर करें अपने वतन की हम,
ज़रा मैं आचमन कर लूँ, ज़रा तुम भी वज़ू[1] कर लो;

मुहब्बत के लिए उम्दा है हर तारीख़ हर लम्हा,
मुक़द्दस[2] है ख़ुदा की देन जब चाहे शुरू कर लो;

मेरे अहले-वतन[3] मुमकिन नहीं तुमको हरा पाना,
अगर जो आबरू-ए-मुल्क़ अपनी आबरू कर लो;

न जाने कौन सी तलाश में मसरूफ़[4] हो 'हाफ़िज़',
मुहब्बत की, इबादत की, वफ़ा की जुस्तजू[5] कर लो;

---

1. वज़ू = हाथ-पैर धोना (नमाज़ से पहले)
2. मुक़द्दस = परम पवित्र और पूज्य
3. अहले-वतन = वतन के लोगों
4. मसरूफ़ = व्यस्त
5. जुस्तजू = तलाश

जश्न–ए–तन्हाई को अश्कों से सँवारा कीजे,
इश्क़ करते हैं तो फ़ुरकत[1] भी गवारा कीजे;

आप के हाल से यारों को रंज[2] होता है,
ग़मज़दा हैं तो अकेले में गुज़ारा कीजे;

टूट जाएगी क़सम दूर चले जाने की,
नाम को मेरे न रह–रह के पुकारा कीजे;

ऐसे रिश्तों को ज़माने की नज़र लगती है,
यूँ सरे–बज़्म[3] ना इज़हार–ए–इजारा[4] कीजे;

आपके एक इशारे पे क़यामत आए,
ना यक़ीं हो तो निगाहों से इशारा कीजे;

---

1. फ़ुरकत = जुदाई
2. रंज = दु:ख, संताप
3. सरे–बज़्म = भरी महफ़िल में
4. इज़हार–ए–इजारा = अधिकार का प्रदर्शन

आशनाई हद से ज़्यादा,
याद आई हद से ज़्यादा;

प्यार उनका हद के भीतर,
बेवफ़ाई हद से ज़्यादा;

दो घड़ी का साथ उनका,
फिर जुदाई हद से ज़्यादा;

दिल लगाया संगदिल[1] से,
चोट खाई हद से ज़्यादा;

हद से ज़्यादा वो थी मेरी
अब पराई हद से ज़्यादा;

नींद ढूँढ़ी ज़िंदगी भर,
मर के पाई हद से ज़्यादा;

---

1. संगदिल = पत्थरदिल

छोड़कर हर किसी को जाना है,
हादसा सिर्फ़ इक बहाना है;

आ मेरे पास बैठ तो हमदम
मेरा माज़ी[1] तुझे सुनाना है;

आँधियों आ सको तो आ जाओ,
आज फिर ख़ुद को आज़माना है;

जो दिखा बस वही हक़ीक़त है,
जो सुना वो फ़क़त फ़साना है;

कोई तोहमत लगा नई मुझ पर,
तेरा इल्ज़ाम तो पुराना है;

जो किसी ने जला दिया पल में,
मेरा घर मेरा आशियाना है;

तुझे खोना तो सीखना होगा,
जो तुझे कुछ मुफ़ीद[2] पाना है;

---

1. माज़ी = इतिहास
2. मुफ़ीद = लाभदायक

थोड़ा झुकना भी तो ज़रूरी है,
जो किसी को अगर उठाना है;

है जहाँ प्यार आज भी बाक़ी,
बस वहीं पे मेरा ठिकाना है;

है किसी और पे नज़र उसकी,
पर किसी और पे निशाना है;

मेरे दिल में ग़ुबार है यारो,
सिर्फ़ अंदाज़ शायराना है;

तू जिसे आफ़ताब[1] समझा है,
एक जुगनू का टिमटिमाना है;

दर्द सहना भी सीख ले 'हाफ़िज़'
दिल किसी से अगर लगाना है;

1. आफ़ताब = सूरज

एक बेलौस[1] तिश्नगी बनके,
मौत आई तो ज़िंदगी बनके;

मेरी क़िस्मत की तीरगी[2] देखो,
ग़म मिला तो मिला खुशी बनके;

वो अदावत[3] हसीन थी बेहद,
जो मिली रोज़ दोस्ती बनके;

उसने तोड़ा मेरा भरोसा तो,
वो भी तोड़ा मेरा यक़ीं बनके;

जो ग़लत था ग़लत हुआ लेकिन,
साथ मेरे हुआ सही बनके;

आसमाँ की तलाश थी मुझको,
अर्श[4] मुझसे मिला ज़मीं बनके;

मेरी नज़रों से वो गिरा हाफ़िज़,
मेरे अश्कों की ही नमी बनके;

---

1. बेलौस = बेमुरव्वत, ममताहीन
2. तीरगी = अँधेरा
3. अदावत = दुश्मनी
4. अर्श = आसमान

नम किसी की यहाँ नज़र भी नहीं,
और किसी को तेरी फ़िकर भी नहीं;

तूने जन्नत समझ रखा था जिसे,
ईंट-पत्थर था कोई घर भी नहीं;

बड़े दिल से जिसे उगाया था,
आज आँगन में वो शजर[1] भी नहीं;

ज़ख़्म-नासूर[2] भर नहीं सकता,
साल-दो साल-उम्र भर भी नहीं;

कोई बेजान हो गया ऐसे,
मार सकता उसे ज़हर भी नहीं;

रात आई है इस क़दर काली,
जैसे इस रात की सहर[3] भी नहीं;

दरम्याँ[4] कुछ नहीं बचा 'हाफ़िज़',
उनके दिल में नहीं इधर भी नहीं;

---

1. शजर = पेड़
2. ज़ख़्म-नासूर = कभी न भरनेवाला घाव
3. सहर = सुबह
4. दरम्याँ = दो लोगों के बीच में

रात आँखों में कट गई हाफ़िज़,
नींद ऐसी उचट गई हाफ़िज़

बंद कमरा मेरा जहान बना,
ज़िंदगी यूँ सिमट गई हाफ़िज़;

एक शमशीर[1] म्यान से निकली,
मेरी गरदन से सट गई हाफ़िज़;

चंद सिक्के मिले जो चाँदी के,
उसकी नीयत पलट गई हाफ़िज़;

हार की जीत मुक़म्मल करके,
जीत रस्ते से हट गई हाफ़िज़;

बेल बदक़िस्मती की उग आई,
और मुझसे लिपट गई हाफ़िज़;

वक़्त तूफ़ान की तरह आया,
ज़ीस्त[2] टुकड़ों में बँट गई हाफ़िज़;

1. शमशीर = तलवार
2. ज़ीस्त = ज़िंदगी

एक आना अदद[1] नहीं करता,
ये ज़माना-ए-बद[2] नहीं करता;

तू लुटाता है जाँ सभी के लिए,
कोई तेरी मदद नहीं करता;

भूख से दम तो तोड़ देता है,
पर चिरौरी असद[3] नहीं करता;

आज हाकिम[4] पे मत भरोसा कर,
बात वो मुस्तनद[5] नहीं करता;

ज़ब्त[6] 'हाफ़िज़' की देख लो यारो,
हद को सहता है हद नहीं करता;

---

1. एक आना अदद = जरा सी भी
2. ज़माना-ए-बद = बुरा ज़माना
3. असद = शेर, सिंह
4. हाकिम = शासक, राजा
5. मुस्तनद = भरोसे के लायक
6. ज़ब्त = सहनशीलता

मैं कशमकश में हूँ कलाम कहूँ या न कहूँ,
कहूँ अगर तो तेरा नाम कहूँ या न कहूँ;

तू सामने जो पड़ी होंठ सी लिये मैंने,
उधेड़बुन में हूँ पयाम[1] कहूँ या न कहूँ;

मिलूँ जो इत्तेफ़ाक़ से अगर कहीं तुझसे,
मुझे बता तुझे सलाम कहूँ या न कहूँ;

रखा क़लम को सफ़े[2] पर कही ग़ज़ल लेकिन,
मैं डर रहा हूँ सरेआम कहूँ या न कहूँ;

सभी को हाल पता है तेरा मगर 'हाफ़िज़'
मुझे बता तुझे ग़ुलाम कहूँ या न कहूँ;

1. पयाम = पैगाम, संदेश
2. सफ़े = काग़ज़

घर की छत को पता नहीं अब दीवारों की बातों का;
सूरज के दिन बुरे आ गए राज हो गया रातों का;

जिसके लिए बिछाई पलकें उसने पीठ छुरा भोंका,
ऐसा सिला मिला 'हाफ़िज़' को उल्फ़त का जज़्बातों का;

बहुत देर से आया लेकिन आखिर तुझे समझ आया,
जिसको जीवन माना वो है खेल महज़ हालातों का;

थी तेरी कौड़ी की क़ीमत तुझको ही खुशफ़हमी थी,
तेरा मोल वही था जितना बाढ़-पड़ी बरसातों का;

ख़ून-ए-जिगर सफ़े पर उतरे तब बनती है ग़ज़ल कहीं,
ये बच्चों का खेल नहीं है क़लमों और दवातों का;

कोई उम्मीद न रही उनसे
इसलिए कोई ग़म नहीं होता;

इश्क़ शम्मा नहीं है शोला है,
ये हवाओं से कम नहीं होता;

उनका दिल-दिल नहीं है सहरा[1] है,
मेरे अश्क़ों से नम नहीं होता;

मैंने देखा है दौर-ए-गुरबत[2] में,
कोई भी हमकदम नहीं होता;

बेच देता ज़मीर गर 'हाफ़िज़'
आज तुझ पर सितम नहीं होता

---

1. सहरा = रेगिस्तान
2. दौर-ए-ग़ुरबत = बुरा वक़्त

उनसे दूरी सही-सही न गई,
बात दिल की मगर कही न गई;

मैंने नज़रों में हाल-ए-दिल लिक्खा,
राज़ की बात अनकही न गई;

वो मेरे हो के भी पराए हैं,
चोट दिल पर लगी रही न गई;

मेरा मतलब ग़लत नहीं था पर,
बात उन तक कभी सही न गई;

फ़ासलों को मिटा दिया 'हाफ़िज़',
एक दूरी थी बस वही न गई;

कुछ तो दुनिया का तौर है यारो,
कुछ मेरा भी मिजाज़ ऐसा है;

बात दिल की ज़ुबाँ पे मत लाओ,
मेरे घर का रिवाज़ ऐसा है;

जिसे कह दूँ तो ज़लज़ला आए,
मेरे सीने में राज़ ऐसा है;

जो नवाज़िश[1] में ज़ख़्म देता है,
मेरा ज़र्रानवाज़[2] ऐसा है;

मुझे उसमें कमी नहीं दिखती,
कुछ मेरा इम्तियाज़[3] ऐसा है;

---

1. नवाज़िश = कृपा, मेहरबानी
2. ज़र्रानवाज़ = अपने से छोटों पर मेहरबानी करनेवाला
3. इम्तियाज़ = विवेक

कोई रफ़ीक़[1] नहीं कोई भी रक़ीब[2] नहीं,
भरे जहाँ में कोई मुझ सा ख़ुशनसीब नहीं;

सरे-बहार चमन पर ख़िज़ाँ[3] का साया है,
खिले हैं फूल गुलिस्ताँ में अंदलीब[4] नहीं,

चमन में आग है सहरा में तेज़ बारिश है,
ये दौरे-कुफ़्र[5] है कुछ भी यहाँ अजीब नहीं;

जिगर के ज़ख़्म भरें तो भला भरें कैसे,
कोई हबीब[6] नहीं है कोई तबीब[7] नहीं;

वो मर रहा है आज फिर से मसीहा 'हाफ़िज़'
बात दीगर[8] है कोई तीर या सलीब नहीं;

---

1. रफ़ीक़ = दोस्त
2. रक़ीब = दुश्मन
3. ख़िज़ाँ = पतझड़ की ऋतु
4. अंदलीब = बुलबुल
5. दौरे-कुफ़्र = ऐसा समय जब पाप ज़्यादा हों
6. हबीब = दोस्त
7. तबीब = वैद्य, डॉक्टर
8. बात दीगर = ये बात और है

मैं बिकता हूँ तो सच्चे प्यार के हाथों समझ लेना,
बनावट की मुहब्बत से मुझे तुम क्या ख़रीदोगे?

मुझे अपना बनाना है तो दौलत प्यार की लाओ,
महज़ चाँदी के सिक्कों से तो तुम दुनिया ख़रीदोगे;

नसीहत है बड़ी छोटी मगर तुम ध्यान से सुनना,
अगर हो बेचते धोखा तो तुम धोखा ख़रीदोगे;

बड़ी बदक़िस्मती है ये तुम्हारा दिल ही पत्थर है,
बताओ तो कहाँ से प्यार का जज़्बा ख़रीदोगे?

मुझे मालूम है इस फ़न[1] के हो माहिर बड़े 'हाफ़िज़',
मगर कब तक ख़रीदोगे भला क्या-क्या ख़रीदोगे;

1. फ़न = कला

अमीर–मुफ़लिस[1], मुफ़लिस–अमीर बन सकता है,
बद–क़िरदार[2] भी पीर[3] बन सकता है;

मुझे कम करके आँकनेवाले मत भूल,
एक प्यादा भी वज़ीर बन सकता है;

पड़ा सोया जो तेरे दिल में जगा तो उसको,
तेरा हादी[4] तेरा ज़मीर बन सकता है;

दिल बड़ा करके देख ले ज़रा फैला बाँहें,
तेरा दुश्मन तेरा ज़हीर[5] बन सकता है;

माद्दा[6] चाहिए हालात से लड़कर 'हाफ़िज़',
एक ज़र्रा भी बेनज़ीर[7] बन सकता है;

---

1. मुफ़लिस = गरीब
2. बद–क़िरदार = कदाचारी
3. पीर = महात्मा
4. हादी = मार्गदर्शक
5. ज़हीर = मददगार (मित्र के अर्थ में)
6. माद्दा = योग्यता, सामर्थ्य
7. बेनज़ीर = बेमिसाल

मुझे माज़ी की ज़ंजीरें न डालो,
कोई इस क़ैद से मुझको निकालो;

मेरा कल दे रहा है ये दुहाई,
अगर जो हो सके मुझको बचा लो;

इरादत[1] बन गई वहशत[2] तुम्हारी,
ख़ुदा के वास्ते ख़ुद को सम्हालो;

तुम्हें इंसान मिल जाएगा गर तुम,
दिली हैवानियत[3] को मार डालो;

अगर जन्नत को हो महसूस करना,
किसी बेबस को बाँहों में उठा लो;

---

1. इरादत = श्रद्धा
2. वहशत = पागलपन
3. हैवानियत = पशुओं-सा आचरण (क्रूरता)

कोई बदलेगा नहीं ख़ुद को बदलना होगा,
आग बरसेगी मगर घर से निकलना होगा;

राह में खार[1] मिलें या के दहकते शोले,
पाँव नंगे ही सही राह पे चलना होगा;

ज़लज़ले[2] यूँ ही न आएँगे सतह पर यारो,
दिल में ठंडे पड़े लावे को उबलना होगा;

फिर मेरे मुल्क़ में भूखा न दिखेगा कोई,
चंद जेबों में जमे घी को पिघलना होगा;

कल इसी राख पे फूलों की क़तारें होंगी,
आज लकड़ी को मगर आग में जलना होगा;

---

1. खार = काँटे
2. ज़लज़ले = भूकंप

घाव सी देगा ज़ख़्म भर देगा,
वक़्त सारे इलाज कर देगा;

उसके दर पे न भेज तू क़ासिद[1],
लौटकर वो बुरी ख़बर देगा;

उसके रहम-ओ-करम के क्या कहने,
माँगकर देख वो ज़हर देगा;

वो निभाता है खूब रिश्तों को,
दर्द देगा तो उम्र भर देगा;

तूने जिसको सुबह नज़र कर दी,
वो तुझे गर्म दोपहर देगा;

प्यार देगा वो इस क़दर तुझको,
तेरी आँखों में अश्क़ भर देगा;

उससे दिल तो लगा ज़रा 'हाफ़िज़',
तेरी आहों को वो असर देगा;

---

1. क़ासिद = संदेश ले जानेवाला, पत्रवाहक

जहाँ खाया वहाँ थाली में कितने छेद कर डाले,
मेरे इस मुल्क़ में लोगों ने डाके अपने घर डाले;

ग़ुनाहों को किया किसने ग़ुनाहों को सहा किसने,
मगर इल्ज़ाम सारे बेग़ुनाहों के ही सर डाले;

हमें मालूम ना था वो सभी बर्बाद जाएँगे,
बड़ी गफ़लत[1] में अपने ही लहू से जाम भर डाले;

किसी ने उन ख़तों को बेरुखी से राख कर डाला,
किसी ने इल्तेजा के ख़त जिन्हें शाम-ओ-सहर डाले;

सियासत[2] की बिसातों में हमारा दाम ही कम था,
ज़रूरत क्या किसी को थी जो हम पर भी नज़र डाले;

1. गफ़लत = लापरवाही
2. सियासत = राजनीति

रिवाज़ एक तरफ़ और प्यार एक तरफ़,
ख़िजाँ है एक तरफ़ और बहार एक तरफ़;

मैं बँट गया हूँ किस तरफ़ मेरे क़दम जाएँ,
ख़ुदा है एक तरफ़ कू-ए-यार[1] एक तरफ़;

सही-ग़लत का फ़र्क़ तो पता नहीं लेकिन,
है जीत एक तरफ़ और हार एक तरफ़;

तोड़ दूँ रस्म-ओ-रवायत की बेड़ियाँ क्या मैं?
विसाल[2] एक तरफ़ इंतज़ार एक तरफ़;

उन्हें मिलूँ के ना मिलूँ समझ नहीं आता,
तड़प है एक तरफ़ और क़रार एक तरफ़;

मैं हक़ीक़त को मान लूँ या दिल की बात सुनूँ?
जफ़ा[3] है एक तरफ़ ऐतबार एक तरफ़;

1. कू-ए-यार = प्रियतम की गली
2. विसाल = मिलन
3. जफ़ा = अन्यायपूर्ण कार्य

मैं बढ़ाता हूँ क़दम और ठिठक जाता हूँ,
इक तरफ़ फ़र्ज़ दिल-ए-बेक़रार एक तरफ़;

मैकदा एक तरफ़ उनकी महक एक तरफ़,
बेख़ुदी एक तरफ़ और ख़ुमार एक तरफ़;

सर कटा दे या सर झुका के जज़्ब कर 'हाफ़िज़',
इक तरफ़ एक मौत बार-बार एक तरफ़;

ये शहर अब शहर नहीं यारो,
और मेरा घर भी घर नहीं यारो;

ज़ख़्म गहरा है जानलेवा है,
पर कोई चारागर[1] नहीं यारो;

जिसका अंजाम ख़ूबसूरत हो,
ज़िंदगी वो सफ़र नहीं यारो;

मैं तो भटका हुआ मुसाफिर हूँ,
ये मेरी रहगुज़र[2] नहीं यारो;

सब हैं ख़ामोश जानकर सबकुछ,
कोई भी बेख़बर नहीं यारो;

नर्म बिस्तर है रेशमी चादर,
चैन क्यों रात भर नहीं यारो;

एक डर था बिछड़ चुका उनसे,
अब मुझे कोई डर नहीं यारो;

---

1. चारागर = इलाज करनेवाला, वैद्य, डॉक्टर
2. रहगुज़र = रास्ता, पथ, मार्ग

दिल के रिश्तों पे ज़माने की रस्म भारी थी,
मेरी ख़ता न कोई भी ख़ता तुम्हारी थी;

किसी की जीत में किसी की हार शामिल है,
तुम्हारी जीत मेरी हारने की बारी थी;

गिरा दिया तेरे-मेरे के भरम में जिसको,
हटा ग़ुबार तो पाया वो छत हमारी थी;

मेरे हबीब[1] दुश्मनों को साथ ले आए,
शरीक़-ए-ग़म[2] की बहुत खूब ग़मगुसारी[3] थी;

मेरा नुकसान किया और तलाफ़ी[4] करके,
तुम्हारी चोट मेरे दिल को बहुत प्यारी थी;

---

1. हबीब = दोस्त
2. शरीक़-ए-ग़म = वो जो दुःख में शामिल हो
3. ग़मगुसारी = सहानुभूति प्रगट करना
4. तलाफ़ी = क्षतिपूर्ति

चोट दिल पे वो नई रोज़ लगा देता है,
कोई ऐसा भी मुहब्बत का सिला देता है;

हमारे पल उसी की याद में गुज़रते हैं,
हमारा नाम तलक भी जो भुला देता है;

कभी दीवार पे जो नाम उसका लिख बैठें,
बड़ा जालिम है वो उसको भी मिटा देता है;

मेरी क़िस्मत से मुझे दोस्त मिला है ऐसा,
जो दुश्मनों से भी बढ़कर के दगा देता है;

बड़ा पागल है मेरा दिल जो हर घड़ी 'हाफ़िज़',
चोट देता है जो उसको ही दुआ देता है;

कोई तो साथ चले कोई हमसफ़र तो हो,
कोई तबीब[1] बने कोई चारागर[2] तो हो;

मेरी शब-ए-हयात[3] ख़त्म क्यों नहीं होती,
सभी चराग बुझ चुके हैं अब सहर तो हो;

बढ़ा है दर्द मुसलसल[4] तो दिल ये कहता है,
भरूँ मैं आह मगर आह का असर तो हो;

मुझे यक़ीं है मुझे देखने वो आएँगे,
मैं जा रहा हूँ जहाँ से उन्हें ख़बर तो हो;

लिखूँगा हाल-ए-दिल उन्हें मैं टूटकर 'हाफ़िज़',
भरे जहाँ में कोई मेरा नामाबर[5] तो हो;

---

1. तबीब = वैद्य, डॉक्टर
2. चारागर = वैद्य, डॉक्टर
3. शब-ए-हयात = ज़िंदगी की रात
4. मुसलसल = लगातार
5. नामाबर = संदेशवाहक

मेरे सीने में हो ठहरी कोई धड़कन जैसे,
मेरे ख़्वाबों में हो ठिठका ये मेरा मन जैसे;

बाद मुद्दत के मेरी आँख हुई नम यूँ है,
किसी सहरा में उमड़ आया हो सावन जैसे;

नींद आती नहीं लगता है कि लौट आए हैं,
सर्द वो रात वो शोले वही आँगन जैसे;

है खिली धूप हवाओं में महक फूलों की,
तेरी खुशबू से हो महका तेरा दामन जैसे;

दिल-ए-नादान मचलता है इस तरह 'हाफ़िज़'
नासमझ-सा कोई मासूम-सा बचपन जैसे;

चलो अच्छा ही हुआ एक भरम टूट गया,
एक मुद्दत से पड़ा दिल में वहम टूट गया;

तेरे बीमार की तकलीफ़-तड़प ख़त्म हुई,
ख़ुदा का शुक्र है बीमार का दम टूट गया;

साँस चलती थी किसी ज़ुल्फ़ के पेच-ओ-ख़म[1] से,
साँस टूटी है कि उस ज़ुल्फ़ का खम[2] टूट गया;

तू मेरे हाल पे ऐ दोस्त पशेमाँ[3] मत हो,
ज़्यादा नाज़ुक था मेरा दिल ही सनम टूट गया;

मैं न टूटा था बलाओं पे बलाएँ आईं,
तेरे जाने से मगर तेरी क़सम टूट गया;

---

1. पेच-ओ-ख़म = बहुत ही जटिल और पेचीदा (घुँघराले बालों के अर्थ में प्रयुक्त)
2. खम = जटिलता (बालों का घुँघरालापन)
3. पशेमाँ = शर्मिंदा

इंतेहा मसरूफ़ियत[1] की थी या अहद-ए-बेरुख़ी[2],
वो मिले जब-जब भी नज़रों को फिराकर चल दिए;

मेरे डर पे गर्द माज़ी[3] की बहुत होगी तभी,
मेरा दर जब भी दिखा दामन बचाकर चल दिए;

मैंने उनकी दिल्लगी को इश्क़ का दर्जा दिया,
और वो मेरी मुहब्बत आज़माकर चल दिए;

वो समंदर की लहर थे और दुनिया रेत थी,
रास्ते में जो पड़ा उसको मिटा कर चल दिए;

जब लगा ज़ुल्मो-सितम की इंतेहा होने लगी,
वो रुके और इंतेहा की इंतेहा कर चल दिए;

---

1. मसरूफियत = व्यस्तता
2. अहद-ए-बेरुखी = बेरुखी की हद
3. माज़ी = गुजर हुआ समय, इतिहास

क्यों परेशाँ है मेरे दिल जो हुआ अच्छा हुआ,
बुझ गई शम्मा–ए–महफ़िल जो हुआ अच्छा हुआ;

जिनको जाना था बहाने ढूँढ़कर वो चल दिए,
क्या भला अश्क़ों से हासिल जो हुआ अच्छा हुआ;

भूलना आसाँ नहीं कोशिश में पर क्या हर्ज़ है,
मत समझ इतना भी मुश्किल जो हुआ अच्छा हुआ;

टूटकर चाहा जिसे जिसके लिए सबकुछ सहा,
वो ही तेरे ग़म से ग़ाफ़िल[1] जो हुआ अच्छा हुआ;

है तुझे तक़लीफ़ 'हाफ़िज़' ये हक़ीक़त है मगर,
तू न हो इतना भी बेदिल[2] जो हुआ अच्छा हुआ;

---

1. ग़म से ग़ाफ़िल = तक़लीफ़ से अनजान
2. बेदिल = उदास, खिन्न

दिल में हो मुहब्बत तो जताना भी सीखिए,
सीने में दबी बात बताना भी सीखिए;

माना कि साफ़गोई[1] है फ़ितरत जनाब की,
शातिर हैं लोग बात बनाना भी सीखिए;

क्यों ज़ीस्त को ग़मों की खाक में मिला रहे,
जीना है तो ग़मों को भुलाना भी सीखिए;

शर्म-ओ-हया बेकार हो गई है आजकल,
दुनिया है दिखावे की दिखाना भी सीखिए;

मिल जाए ख़ुदा भी जो बहाना हो मुआफ़िक़[2],
मिलने का एक-आध बहाना भी सीखिए;

---

1. साफ़गोई = स्पष्टवादिता
2. मुआफ़िक़ = मौके के अनुरूप, सही

रहता ही नहीं दिल में अरमान कोई,
लम्हों में चला जाता है मेहमान कोई;

हसरत है मेरे दिल की बड़ी मुद्दत से,
मिल जाए मुझे काश निगहबान[1] कोई;

मैं कैसे कहूँ अपनी कहानी उससे,
मिलता ही नहीं है मुझे उनवान[2] कोई;

यारों का मशवरा है भुला दूँ मैं उसे,
ये काम है मुश्किल नहीं आसान कोई;

इतना न खेल दिल से मेरे तू 'हाफ़िज़',
ज़िंदा हूँ नहीं चीज़ मैं बेजान कोई;

1. निगहबान = रखवाला
2. उनवान = शीर्षक

न मुहब्बत, न अदावत[1] बयान करता हूँ,
एक शायर हूँ हक़ीक़त बयान करता हूँ;

किसी ने की है बग़ावत वतन की मिट्टी से,
साफ़ लिखता हूँ बग़ावत बयान करता हूँ;

जो घट रहा है मेरे गिर्द कह रहा हूँ वही,
जो हाल है वही हालत बयान करता हूँ;

था एक शख़्स जो आदत का बुरा था बेहद,
मैं उसी शख़्स की फितरत बयान करता हूँ;

ये रक़ीबों की शरारत का दौर है 'हाफ़िज़',
मैं देखता हूँ शरारत बयान करता हूँ;

1. अदावत = दुश्मनी

हो चुकी है बात सारी अब चलें,
मिट चुकी सारी ख़ुमारी अब चलें;

ये मुहब्बत थी नहीं शतरंज थी,
तुमने जीती हमने हारी अब चलें;

ज़िंदगी से इश्क़ हैं करते सभी,
मौत है हमको दुलारी अब चलें;

तुम हमारा साथ दो या छोड़ दो,
हर तरह मर्ज़ी तुम्हारी अब चलें;

बच गए अब तक मगर 'हाफ़िज़' सुनो,
ताक में बैठे शिकारी अब चलें;

दर्द होता है तो लिखकर निकाल देता हूँ,
दहकती आग पे पानी मैं डाल देता हूँ;

और भी ग़म हैं ज़माने में मुहब्बत के सिवा,
इश्क़ को छोड़ के हर ग़म सम्हाल देता हूँ;

बस एक बार मेरा हाल पूछ तो दिल से,
जिगर को चीर के तुझको मैं हाल देता हूँ;

मिसाल संग[1] की देनी हो जब कहीं ज़ालिम,
यकीन मान मैं तेरी मिसाल देता हूँ;

तुझे यकीन है अपने जवाब पर 'हाफ़िज़',
मैं इंतज़ार करूँगा, सवाल देता हूँ;

1. संग = पत्थर

बुझ चुकी है आग, अंगारे बचे कुछ राख में,
सर्दियों की रात के तारे बचे कुछ राख में;

वो जिन्हें था जीतने का शौक़ वो सब जा चुके,
टिमटिमाते दिख रहे हारे बचे कुछ राख में;

ख़ूबसूरत ख़्वाब था इक ख़ाक में जो मिल चुका,
बात ये दीगर है कि नारे बचे कुछ राख में;

ना उन्हें मेरी ज़रूरत ना मुझे उनका गुमान[1],
ख़त मुहब्बत के हैं बेचारे बचे कुछ राख में;

मत कुरेदो राख 'हाफ़िज़' कुछ नहीं इसका सिला,
पेड़ सारे जल चुके आरे बचे कुछ राख में;

1. गुमान = अभिमान

ये मेरे बाप का हिंदोस्तान है यारो,
मेरे पुरखों का यही तो जहान है यारो;

तुमने ओढ़ा है क़फ़न एक क़ौम की ख़ातिर,
यहाँ सभी के लिए अपनी जान है यारो;

तुम्हें बता दें कि मालिक–मक़ान हम ही हैं,
तुम्हें रखा है हमारी ये शान है यारो;

तुम्हारी सोच तो मसनद पे ख़त्म होती है,
हमारी सोच की ऊँची उड़ान है यारो;

ज़रा बाहर निकल के अपनी हैसियत देखो,
और सोचो तुम्हें किसका गुमान[1] है यारों?

1. गुमान = अभिमान, घमंड

मैं जवाबों में सवालों को बुना करता हूँ,
मैं अँधेरों में उजालों को बुना करता हूँ;

तेरी निस्बत[1] के जो रेशे हैं मेरी यादों में,
उन्हीं रेशों से ख़यालों को बुना करता हूँ;

तेरे दामन की चमक और बढ़े इस ख़ातिर,
मैं तेरे चाहनेवालों को बुना करता हूँ;

जो तेरे साथ गुज़ारे हैं कुछ हसीं लम्हे,
उन्हीं लम्हात में सालों को बुना करता हूँ;

तेरी मिसाल बनाने के जतन में 'हाफ़िज़',
मैं मिसालों पे मिसालों को बुना करता हूँ;

1. निस्बत = लगाव, ताल्लुक

चश्म-ए-नम[1] में छुपी नमी के लिए,
दिल में गहरी दबी कमी के लिए;

कोई बिन-शर्त मान ले अपना,
इतना काफ़ी है आदमी के लिए;

मैंने देखा है वो नज़ारा भी,
आसमाँ झुक गया ज़मीं के लिए;

उसने मर के भी खोल दीं आँखें,
वो जो आए थे हमग़मी[2] के लिए;

कोई झुलसा है आग में 'हाफ़िज़',
एक एहसास-ए-शबनमी[3] के लिए;

---

1. चश्म-ए-नम = अश्रूपूरित नेत्र
2. हमगमी = सांत्वना देना
3. एहसास-ए-शबनमी = नर्म एहसास (सुकून शब्द के अर्थ में प्रयुक्त)

है बड़ी तकलीफ़ पर तकलीफ़ का इज़हार क्या,
मौत है ये इश्क़ इसमें जीत क्या और हार क्या;

जो कोई जज़्बा न समझे बेइनायत[1] बेरहम,
संगदिल से कैसी नफ़रत बेवफ़ा से प्यार क्या;

दरम्याँ बस फ़ासले हैं जब तुझे मालूम है,
दो घड़ी मिलने की ज़िद क्या वस्ल क्या दीदार क्या;

इंतेहा-ए-बेनियाज़ी[2] हो चुकी अब डर नहीं,
जुर्म से इनकार कैसा जुर्म का इक़रार क्या;

अब मसर्रत[3] है न 'हाफ़िज़' और ना ग़म ही कोई,
इस जहाँ से ऐ मेरे दिल हो चुका बेज़ार[4] क्या;

---

1. बेइनायत = जिसके मन में अनुकंपा न हो
2. इंतेहा-ए-बेनियाज़ी = निस्पृहता, किसी चीज की इच्छा न होने की हद
3. मसर्रत = खुशी, प्रसन्नता
4. बेज़ार = खिन्न, अप्रसन्न

ख़ुद को ख़ुद से छुपा के रखता हूँ,
लज़्ज़त-ए-ग़म[1] बचा के रखता हूँ;

मेरी बातों से तू न हो ज़ाहिर,
अपनी आहें दबा के रखता हूँ;

बात जायज़ है तेरी इज़्ज़त में,
बात नज़रें झुका के रखता हूँ;

चाहे कुछ भी पर तेरे दर पे,
पाँव मैं मुस्कुरा के रखता हूँ;

ख़त्म रिश्ते की लाज मैं 'हाफ़िज़',
तेरी महफ़िल में आ के रखता हूँ;

1. लज़्ज़त-ए-ग़म = दुःख में मिलनेवाला सुख

बड़े नसीब से ऐसे नसीब होते हैं,
दूर अहबाब[1] तो दुश्मन क़रीब होते हैं;

जो मुस्कुरा के अदाओं के साथ क़त्ल करें,
किसी-किसी के ही ऐसे रक़ीब[2] होते हैं;

मुझे ठुकरा के उन्हें भी तो ठेस पहुँची है,
इसी रिश्ते से वो मेरे हबीब[3] होते हैं;

दौलत-ए-हुस्न मिली पर न मिला दिल जिनको,
वो इस जहान में सबसे ग़रीब होते हैं;

यही तासीर-ए-इश्क़ है कि इश्क़ में 'हाफ़िज़',
ज़ख़्म देते हैं जो वही तबीब[4] होते हैं;

1. अहबाब = दोस्त (का बहुवचन)
2. रक़ीब = दुश्मन
3. हबीब = मित्र
4. तबीब = वैद्य, डॉक्टर

मुझे बर्बाद होने की तमन्ना थी ज़माने से,
मेरी ख़्वाहिश हुई पूरी किसी से दिल लगाने से;

मुझे उनसे मुहब्बत और उनको गैर से उल्फ़त,
मिलेगा क्या बताओ हाल-ए-दिल उनको सुनाने से;

इधर मजबूर मैं दिल से उधर मजबूर वो दिल से,
भला क्या फ़ायदा उन पर कोई तोहमत[1] लगाने से;

अधूरा मैं अधूरे वो हमारे दरम्याँ दूरी,
ये रिश्ता टूट ना जाए बहुत मिलने-मिलाने से;

सुकूँ मिलता है हर आशिक़ को अपने ही तरीके से,
किसी को याद रखने से किसी को भूल जाने से;

---

1. तोहमत = इल्ज़ाम

कोई शिकवा न शिकायत उनसे,
अब तो यारी न अदावत[1] उनसे;

चोट खाने का शौक था हमको,
क्यों करी हमने मुहब्बत उनसे;

अभी हम संगदिली में कच्चे हैं,
तभी मिलती नहीं फ़ितरत उनसे;

कौन कहता है बेवफ़ा हैं वो,
लोग करते हैं शरारत उनसे;

उन्हें तोहफ़े में जान दो 'हाफ़िज़,
प्यार करती है क़यामत उनसे;

1. अदावत = दुश्मनी, शत्रुता

मुझे ख़ामोश रहने की तबीयत सीखनी होगी,
सितम सहकर भी चुप रहने की आदत सीखनी होगी;

ख़िलाफ़त ज़ुल्म की ना हो शराफ़त इसको कहते हैं,
अभी हूँ नासमझ मुझको शराफ़त सीखनी होगी;

अगरचे झूठ भी बोलूँ तो वो सच ही नज़र आए,
बड़ों से बात करने की नफ़ासत सीखनी होगी;

ज़रा बारीकियाँ समझूँ अदा से क़त्ल करने की,
नफ़ासत सीखकर मुझको नज़ाकत सीखनी होगी;

नया इंसान देखो रीढ़ की हड्डी नदारद है,
तुझे 'हाफ़िज़' लचीलेपन की फ़ितरत सीखनी होगी;

कोई भी बात भूल से क्यों हो,
कोई भी बात जानकर क्यों हो;

जब किसी बात का असर ही नहीं,
तो मेरी बात का असर क्यों हो;

उसने देखे हैं ख़्वाब तारों के,
फिर ज़मीं पर भला सफ़र क्यों हो;

जिनमें चुभते हों काँच हसरत के,
नींद आँखों में रात भर क्यों हो;

मेरा सब कुछ नज़र तुझी को है,
गैर पर फ़िर तेरी नज़र क्यों हो;

एक दुनिया के जहानों में फ़र्क़ होता है,
एक बस्ती के मक़ानों में फ़र्क़ होता है;

जिनको मिलना है वो हर हाल में मिल लेते हैं,
बात दीगर है[1] बहानों में फ़र्क़ होता है;

उनकी नज़रों के हर इक तीर की तासीर[2] अलग,
और हर बार निशानों में फ़र्क़ होता है;

एक ही अर्श[3] पे उड़ते हैं परिंदे सारे,
पर परिंदों की उड़ानों में फ़र्क़ होता है;

दिल समझते हैं मुहब्बत की ज़बाँ को 'हाफ़िज़'
सिर्फ़ मतलब की ज़बानों में फ़र्क़ होता है;

---

1. बात दीगर है = बात और है
2. तासीर = असर
3. अर्श = आसमान

दोगले चेहरों पे ख़ूनी मुस्कुराहट किसलिए,
हर तरफ़ डर और बर्बादी की आहट किसलिए;

हक़ छिने, कुचले गए, रौंदे गए पर चुप रहे,
राख में शोलों की अब ये सुगबुगाहट किसलिए;

मुल्क़ के लाखों घरों में जब अँधेरा है बसा,
कुछ चुनिंदा कोठियों में जगमगाहट किसलिए;

दश्त[1] है वीराँ हवा भी रुक चुकी है आज तो,
झाड़ियों की पत्तियों में सरसराहट किसलिए;

आज तेरे पास है दुनिया की हर नेमत मगर,
फिर तेरे दिल में ये 'हाफ़िज़' छटपटाहट किसलिए;

1. दश्त = जंगल

मैं किनके साथ हूँ किनसे है मेरा राबता[1] हर दिन,
यहाँ कितने ही चेहरों से है मेरा वास्ता हर दिन;

न जाने कौन अपना है, न जाने कौन है दुश्मन,
इन्हीं चेहरों में हूँ अपना-पराया ढूँढ़ता हर दिन;

मैं अक्सर सोचता हूँ कौन सी मंज़िल को जाता है,
किया करता हूँ तय ख़ामोश जो मैं रास्ता हर दिन;

मैं छोटा हूँ मुझे मेरे ख़ुदा छोटा ही रहने दे,
बड़ों के दिल की गहराई का लगता है पता हर दिन;

ये माना साफ़गोई[2] है ख़ता इस दौर में 'हाफ़िज़'
ख़ुदाया माफ़ करना हो ही जाती है ख़ता हर दिन;

---

1. राबता = मेल-मिलाप
2. साफ़गोई = स्पष्टवादिता

सबको हँसना बदा नहीं होता,
सबका रौशन जहाँ नहीं होता;

लोग कहते हैं ख़ुदा है लेकिन,
मैं हूँ कहता ख़ुदा नहीं होता;

जिनको जीना है वो जी लेते हैं,
वरना दुनिया में क्या नहीं होता;

उसने हिम्मत अगर करी होती,
आज ये फ़ासला नहीं होता;

इसमें दुनिया की ख़ता[1] है यारो,
वरना 'हाफ़िज़' बुरा नहीं होता;

1. खता = ग़लती

ऐ ख़ुदा अपने परिंदे के परों को फिर उगा दे,
गिर पड़ा है वो ज़मीं पर फिर उसे तू आसमाँ दे;

वो तेरा बंदा है उसको चाह है परवाज़[1] की बस,
इक उसे परवाज़ दे-दे और सब को तू जहाँ दे;

बंद कर पिंजरे में उसको देखते हैं लोग सारे,
जो सुने आवाज़ उसकी एक ऐसा कद्रदाँ दे;

एक तारा कहकशाँ[2] से दूर होकर बुझ रहा है,
बुझ न जाए वो अकेला फिर उसे तू कहकशाँ दे;

मंज़िलें न दे उसे तू मंज़िलों का क्या भरोसा,
रास्ते गुलज़ार कर दे दोस्तों का कारवाँ दे;

1. परवाज़ = उड़ान
2. कहकशाँ = निहारिका, गैलेक्सी

ज़िल्लत ही दीजिए ये इबादत न दीजिए,
करिए सितम मुझे ये इनायत न दीजिए;

जो प्यार न हो सिर्फ़ रहम हो गरीब पर,
बावास्ते ख़ुदा वो मुहब्बत न दीजिए;

देना है तो दिल दीजिए जज़्बात दीजिए,
पर रोज सुबह–शाम नसीहत न दीजिए;

इक बार कह दिया तो आप भूल भी गए,
ले लेगी जान ऐसी इताअत[1] न दीजिए;

डरता हूँ कि ग़लती से टूट जाए ना कहीं,
इंसाँ हूँ मैं मुझे ये इरादत[2] न दीजिए;

इंसानियत रहे तो मुफ़लिसी क़ुबूल है,
हैवान बना दे वो अमारत[3] न दीजिए;

नज़दीकियों का कोई भरोसा नहीं होता,
नज़दीकियों की और इजाज़त न दीजिए;

---

1. इताअत = आज्ञापालन
2. इरादत = श्रद्धा
3. अमारत = धनाढ्यता

तुमने देखा है कि हिंदोस्तान कैसा है,
भूखे-नंगों से भरा गुलसितान कैसा है;

कभी हुए हो रूबरू ज़मीन से भी क्या,
बहुत पता है तुम्हें आसमान कैसा है;

जिसके पिंजर महल की नींव में भरे तुमने,
कभी देखा ग़रीब का मकान कैसा है;

मसर्रतों[1] से भरा इक जहाँ तुम्हारा है,
कभी सोचा है दूसरा जहान कैसा है;

बड़ा वज़न है तुम्हारी ज़ुबाँ का दुनिया में,
क्या जानते हो हाल-ए-बेज़ुबान कैसा है?

1. मसर्रतों = ख़ुशियों

तू सामने रहे तो हर सितम क़ुबूल है,
हर रंज, हर तड़प, हरेक ग़म क़ुबूल है;

तू छाँव दे तो बादलों का खौफ़ किसे है,
आहों की घटा दर्द का मौसम क़ुबूल है;

मुझसे बिछड़ के तुझको सुकूँ है तो ऐ रक़ीब[1],
मैं ख़ुश हूँ मुझे हिज्र का आलम क़ुबूल है;

सींचा है आँसुओं से तेरे इश्क़ का शजर[2],
पत्तों पे मेरे ख़ून की शबनम क़ुबूल है;

तेरी ख़ुशी बढ़े जो मेरे अश्क़ देखकर,
मुझको तमाम उम्र चश्मेनम[3] क़ुबूल है;

---

1. रक़ीब = दुश्मन
2. शजर = पेड़
3. चश्मेनम = गीली आँखें, अश्रुपूरित नेत्र

उनसे दूरी सही, सही न गई,
बात दिल की मगर कही न गई;

मैंने नज़रों में हाल-ए-दिल लिक्खा,
राज़ की बात अनकही न गई;

वो मेरे हो के भी पराए हैं,
चोट दिल पर लगी रही, न गई;

मेरा मतलब ग़लत नहीं था पर,
बात उन तक कभी सही न गई;

फ़ासले तो मिटा दिए 'हाफ़िज़',
एक दूरी थी बस वही न गई;

भाई बहनों के नहीं और बाप बेटी का नहीं,
ये हवस का दौर है इस दौर में क्या-क्या नहीं;

वक़्त ऐसा आ गया इंसानियत भी ऐब है,
हाथ में पावर नहीं गर जेब में पैसा नहीं;

बिक चुके लोगों के सीने, दिल, जिगर, जज़्बात सब,
कुछ नहीं बाक़ी बचा है आज जो बिकता नहीं;

रहनुमा[1] डाकू बने जल्लाद मुंसिफ़[2] बन गए,
आज तो लगता ख़ुदा भी कुछ ख़ुदा जैसा नहीं;

कौन किस मतलब का है इसके सिवा इस दौर में,
आदमी का आदमी से और कुछ रिश्ता नहीं;

1. रहनुमा = पथ-प्रदर्शक
2. मुंसिफ़ = न्यायाधीश

हर क़दम पर चोट खाता आदमी,
चीखता आँसू बहाता आदमी;

घर से दफ़्तर, दफ़्तरों से घर तलक,
ज़िंदगी ढोकर बिताता आदमी;

बेचकर इज़्ज़त ख़ुदी नीलाम कर,
ऐश की चीज़ें जुटाता आदमी;

नाक तक ख़ुदगर्ज़ियों[1] में डूबकर,
अब वफ़ा से मुँह चुराता आदमी;

दोस्ती, यारी, वफ़ा के नाम पर,
आदमी को आज़माता आदमी;

1. ख़ुदगर्ज़ियों = अपने मतलब की बातों/चीज़ों

तू नहीं था हम तेरे दर को ही छूकर लौट आए,
फिर तेरे दीदार की हम जुस्तजू[1] कर लौट आए;

आरज़ू पूरी नहीं होगी हमें मालूम था पर,
आज हम फिर से अधूरी आरज़ू कर लौट आए;

तेरे कमरे में लगी तस्वीर तेरी देख ली और,
तेरे घरवालों से थोड़ी गुफ़्तगू[2] कर लौट आए;

दर्द–ए–दिल ने हमको पागल कर दिया था इसलिए हम,
छू के तेरा दर ज़रा हलका जुनूँ कर लौट आए;

तेरे घर से भी जुड़ी हैं कुछ हसीं लम्हों की यादें,
आज उन यादों को 'हाफ़िज़' रूबरू कर लौट आए;

---

1. जुस्तजू = तलाश
2. गुफ़्तगू = बातचीत

कुछ ज़माने से और कुछ ख़ुद से ख़फ़ा हूँ मैं,
न जाने किसलिए हूँ, कौन हूँ, कहाँ हूँ मैं;

जिस वतन का ख़ून गंदा हो चुका है,
उस वतन में छटपटाता नौजवाँ हूँ मैं;

सिला हुआ मुँह और घुटी हुई आवाज़,
जिसे आज़ादी है सब कहने की वो ज़बाँ हूँ मैं;

कोई ग़म है तो कोई दर्द है इस दुनिया में,
मैं हदें पार कर चुका हूँ सब, फ़ुगाँ[1] हूँ मैं;

मेरे बाशिंदों ने मेरी नींव खोखली की है,
जो रहनेवालों ने लूटा है वो मकाँ हूँ मैं;

1. फ़ुगाँ = आर्तनाद

इंसान का वजूद नहीं अब जहान में,
हैं सबके अलग दाम जहाँ की दुकान में;

लोगों ने भेड़ियों को मसीहा बना लिया,
ताक़त नहीं बची किसी के जिस्म-ओ-जान में;

इस मुल्क़ में कभी था फरिश्तों का बसेरा,
अब सिर्फ़ दरिंदे बचे हैं इस मक़ान में;

दुनिया को देखिए वो चाँद तक पहुँच गई,
मरते हैं लोग भूख से हिंदोस्तान में;

लाखों मिलेंगे तुमको मसीहा ज़मीन पर,
मुद्दत से ढूँढ़ते हो जिन्हें आसमान में;

एक महफ़िल है शबो-रोज़[1] मगर तन्हाई,
हर तरफ़ लोग मगर चार पहर तन्हाई,

वो मिले पर न मिले और अब ये आलम है,
न कोई ग़म न ख़ुशी शामो-सहर[2] तन्हाई,

मैं कह चुका हूँ बहुत तू भी थक चुकी है मगर,
बात लंबी है ज़रा और ठहर तन्हाई,

तू अकेले में ही छुप-छुप के मिला कर मुझसे,
लोग जलते हैं लग न जाए नज़र तन्हाई,

रोज़ मिलते हैं गले लोग मगर तन्हा हैं,
बड़ा मुश्किल है समझना ये शहर तन्हाई,

तू मेरी नज़्म की रग-रग में समा जाए तो,
मेरी आहों में भी आ जाए असर तन्हाई,

वक़्त-ए-आगाज़[3] साथ तू थी अब तमन्ना है,
तेरे पहलू में हो अंजाम-ए-सफ़र[4] तन्हाई;

---

1. शबो-रोज़ = रात-दिन
2. शामो-सहर = शाम और सुबह
3. वक़्त-ए-आगाज़ = शुरुआत का समय
4. अंजाम-ए-सफ़र = यात्रा का अंत

कुछ लोगों ने पागल समझा कुछ ने दीवाना समझा,
कुछ लोगों ने अपना समझा कुछ ने बेगाना समझा;

हमने जिनसे करी मुहब्बत राख कर गए वो हमको,
चलो शुक्र है उस शम्मा ने हमको परवाना समझा;

बड़ी मुफ़लिसी[1] थी हमसे सब लोग लगे कतराने थे,
आई दौलत तो लोगों ने जाना-पहचाना समझा;

'हाफ़िज़' ने इक बात कही थी जो इस दिल से निकली थी,
ग़लती इस दुनिया की जिसने उसको अफ़साना समझा;

बड़े खूबसूरत लोगों से सजी-धजी महफ़िल देखी,
मगर जहाँ दिलदार नहीं थे हमने वीराना समझा;

1. मुफ़लिसी = गरीबी, कंगाली

बहुत होता है ऐसा दिल में तो जज़्बात होते हैं,
मगर दम घोंट दें ऐसे बुरे हालात होते हैं;

ज़माने भर की खुशियाँ हों किसी के पास में फिर भी,
कभी ऐसे में भी ग़म से भरे दिन-रात होते हैं;

कोई उम्मीद हो ख़्वाहिश हो जो पूरी भी हो जाए,
बहुत कम इस जहाँ में वो हसीं आनात[1] होते हैं;

किसी से राह में मिलना तो मिल करके बिछड़ जाना,
ये 'हाफ़िज़' वक़्त के मोहताज इत्तेफाक़ात[2] होते हैं;

जिन्हें ठोकर लगाने से किसी की शान बढ़ती है,
किसी के दिल के वो बिखरे हुए रूफ़ात[3] होते हैं;

---

1. आनात = पल, लम्हे
2. इत्तेफाक़ात = भाग्य से होनेवाली चीज़ें
3. रूफात = टुकड़े

बाहर जहाँ से दूर यहाँ इक जहान है,
रोटी नहीं पानी नहीं ना ही मकान है;

जंगल को काट बेच दिया है बाज़ार में,
बंजर है यहाँ और यहाँ बियाबान है;

ना जाने कितना खर्च हुआ इस जगह पे है,
पर आदमी यहाँ का बहुत परेशान है;

आज़ाद हुए हमको ज़माना गुज़र गया,
लेकिन गरीब अब भी यहाँ बेज़ुबान है;

दाना नहीं पानी नहीं तालीम[1] भी नहीं,
सारे जहाँ से अच्छा हिंदोस्तान है!!

1. तालीम = शिक्षा

छोड़कर पीछे निकलता जा रहा है,
कारवाँ-ए-वक़्त चलता जा रहा है;

लकड़ियाँ सूखी जमा कर लो घरों में,
हर घड़ी मौसम बदलता जा रहा है;

और भी हैं काम हल जल्दी चलाओ,
रफ़्ता-रफ़्ता[1] दिन भी ढलता जा रहा है;

जंग फिर होगी दुधारी तेज़ कर लो,
है ख़बर दुश्मन सम्हलता जा रहा है;

बेईमानी की लगी है आग 'हाफ़िज़'
मुल्क़-हिंदुस्तान जलता जा रहा है;

कल जो जीता आज वो सब कुछ लुटाकर,
इस जहाँ से हाथ मलता जा रहा है;

---

1. रफ़्ता-रफ़्ता = धीरे-धीरे

ढूँढ़ना उसको पता जिसका नहीं,
है ख़ुदा किसका, ख़ुदा किसका नहीं ?

रोज़ दिखते हैं मुझे चेहरे मगर,
क्यों मुझे लगता कोई अपना नहीं;

जो किसी के काम तक ना आ सके,
एक बुत है वो महज इंसाँ नहीं;

दोस्ती गहरी है आया आज तक,
आज़माइश का कोई मौक़ा नहीं;

काश के मैं देख लूँ 'हाफ़िज़' उसे,
है किया महसूस पर देखा नहीं;

मुझको माँगी हुई ख़ुशी ना दे,
ये उधारी की ज़िंदगी ना दे;

अपने भीतर छुपे ख़ुदा से मिल,
इन दलालों को बंदगी[1] ना दे;

प्यास कैसी अगर वो बुझ जाए,
ऐसी नाकाम तिश्नगी[2] ना दे;

तू मुहब्बत न दे मुझे 'हाफ़िज़',
तेरी नफ़रत में पर कमी ना दे;

मेरे हिस्से में तीरगी[3] कर दे,
एक ज़र्रा भी रौशनी ना दे;

मुझे डर है कहीं तेरी उल्फ़त,
तेरे ज़ुल्मों की बानगी[4] ना दे;

ज़िंदगी वो जो काम आ जाए,
चाहे छोटी ही दे बड़ी ना दे;

---

1. बंदगी = अधीनता
2. तिश्नगी = प्यास
3. तीरगी = अँधेरा
4. बानगी = नमूना, सैंपल

वक़्त बदला है, हालात नहीं,
अक्स[1] बदला है, जज़्बात नहीं;

एक है जश्न, एक तन्हाई,
दिन तो बदला है, पर रात नहीं;

खेलना दिल से, उनका पेशा,
शक्ल बदली है, सौग़ात[2] नहीं;

ये हक़ीक़त है, इसको समझो,
बात बदली है, लम्हात[3] नहीं;

भूलना भूल, तुम्हारी 'हाफ़िज़'
अंत बदला है, शुरुआत नहीं;

---

1. अक्स = छवि
2. सौग़ात = भेंट, तोहफा
3. लम्हात = पल, मिनट्स

ज़िंदगी भर के सवालों को बंद कर देना,
और सारे ही जवाबों को बंद कर देना;

जिनके पन्नों पे लिखे ज़िंदगी के अफ़साने,
बड़ा मुश्किल है किताबों को बंद कर देना;

ख़्वाब पंछी हैं हक़ीक़त के सख़्त पिंजरे में,
नहीं आसान है ख़्वाबों को बंद कर देना;

वक़्ते-रुख़सत[1] की घड़ी कौन सी हो क्या जाने,
वक़्त रहते में हिसाबों को बंद कर देना;

तेरी उड़ान ज़माने को है चुभती 'हाफ़िज़',
चाहता है ये उक़ाबों[2] को बंद कर देना;

1. वक़्ते-रुख़सत = जाने का समय
2. उक़ाब = चील

कुछ खास नहीं, सब आम सही;
है इश्क़ किया, नाकाम सही;

हाँ तोड़ दिए सारे बंधन,
इल्ज़ाम लगा, इल्ज़ाम सही;

सब की क़िस्मत में सुबह नहीं;
है शाम मिली, तो शाम सही;

जब नाम जुड़ा, हरजाई[1] से,
बदनाम हुए, बदनाम सही;

था वक़्त, हमारी क़ीमत थी,
बेदाम बिके, बेदाम सही;

1. हरजाई = आवारा

पूछ ले मेरी कहानी मुझ से,
आज सुन ले तू ज़बानी मुझ से;

आग तो आग है उसका क्या है,
पूछ क्या चीज़ है पानी मुझसे;

मैंने हर शै[1] सम्हाल रखी है,
माँग ले कोई निशानी मुझसे;

मैंने दी सिर्फ़ मुहब्बत तुझको,
तूने बस रार ही ठानी मुझसे;

कोई तुझसे गिला नहीं 'हाफ़िज़',
तूने छीनी है रवानी मुझसे;

1. शै = चीज़

है मुझे ताक़त मिली, शोहरत मिली, पैसा मिला,
तुम नहीं तो कुछ नहीं तुम ना मिले तो क्या मिला;

जिस घड़ी से तुमसे बिछड़ा दोस्तों की भीड़ है,
भीड़ में यारों की कोई भी न तुम जैसा मिला;

मैंने सोचा था कि मैं गुलशन में पहुँचा हूँ मगर,
आँख से पर्दा हटा तो हर तरफ़ सहरा मिला;

बुत मिले, हैवान पाए, कुछ ख़ुदा भी मिल गए,
आज के इस दौर में पर एक ना इंसां मिला;

अपने सपनों के महल में मैं जो आया लौटकर,
जिस तरफ़ डाली नज़र इक टूटता सपना मिला;

जीतने और हारने में ज़िंदगी जाती रही,
रफ़्ता-रफ़्ता[1] ढल गया दिन रात गहराती रही;

मेरा मक़सद क्या था, मैं क्यों था, ख़ुशी क्या थी मेरी,
मैं न समझा ज़िंदगी जो बात समझाती रही;

तेल जब तक था जला ख़ुद रौशनी दुनिया को दी,
तोड़ फेंका उस दिये को जब बुझी बाती रही;

चाहते हो जानना ये खेत क्यों बंजर हुआ,
यूँ हुआ कि बाड़ अपने खेत को खाती रही;

मैंने की बेहद मशक्कत तब मरा मेरा ज़मीर[2],
शानो-शौक़त की तरफ़ ये चाल शुरुआती रही;

---

1. रफ़्ता-रफ़्ता = धीरे-धीरे
2. ज़मीर = अंतरात्मा

टूटकर दिल आज बिखरा जा रहा है,
मैं सम्हालूँ तो इसे कैसे सम्हालूँ;

बन गए हो तुम मेरी धड़कन का हिस्सा,
मैं निकालूँ तो तुम्हें कैसे निकालूँ;

जानता हूँ एक हो सकते नहीं हम,
तुम बताओ मैं तुम्हें कैसे बुला लूँ;

काश ऐसा हो शुरू हो फिर कहानी,
और उसमें मैं तुम्हें अपना बना लूँ;

पेशतर[1] इसके तुम्हें मैं आज़माऊँ,
है यही बेहतर कि ख़ुद को आज़मा लूँ;

1. पेशतर = इससे पहले

चंद लम्हों में हमारा फ़ैसला हो जाएगा,
किस तरफ़ जाना है हमको ये पता हो जाएगा;

जा रहा हूँ मैं निकाला है उन्होंने ख़ुद मुझे,
पर मुझे मालूम है उनको गिला हो जाएगा;

ऐ ख़ुदा मुझको उठा ले हूँ बहुत तन्हा यहाँ,
पास तेरे मैं रहूँगा आसरा हो जाएगा;

क़ब्र में इक घर बना लूँ तब वो आएगा ज़रूर,
एक पल को फिर वो 'हाफ़िज़' मेहरबाँ हो जाएगा;

हर किसी को ज़ख़्म मैं अपने दिखा सकता नहीं,
है मुझे डर वो ज़माने में बुरा हो जाएगा;

दूरियाँ बढ़ती रहीं आया नहीं वो लौटकर,
ज़िंदगी भर के लिए अब फ़ासला हो जाएगा;

इस क़दर सख़्तजाँ[1] बना मुझको,
फिर न तोड़े कभी जहाँ मुझको;

अपनी कसमों को तोड़नेवाले,
ज़रा फिर से तो दे ज़बाँ मुझको;

मैं तेरे घर को गुलसिताँ कर दूँ,
जो बना दे तू बाग़बाँ मुझको;

मैंने फ़र्ज़-ए-वफ़ा[2] निभाया है,
क्यों बनाता है मेहरबाँ मुझको;

अभी सोने को मत कहो 'हाफ़िज़',
अभी देने हैं इम्तेहाँ मुझको;

1. सख़्तजाँ = अंदर से मज़बूत
2. फ़र्ज़-ए-वफ़ा = वफ़ा का फ़र्ज़ (अपना कर्तव्य)

ऐ ख़ुदा कुछ तो दवा दे दर्द की मेरे,
अब शायरी से दर्द मेरा कम नहीं होता;

है ज़ख़्म ये कैसा लगा दिल पर मेरे मालिक,
ये वक़्त भी जिसके लिए मरहम नहीं होता;

पानी में भी डालोगे तो रह जाएगा कोयला,
लेकिन कोई शोला कभी शबनम नहीं होता;

मैं रंज[1] ना करता ख़िजाँ[2] का एक पल को भी,
जो आ के लौटा प्यार का मौसम नहीं होता;

सूखी है तेरी आँख लबों पे है तबस्सुम[3],
क्या ग़म से मेरे तुझको कोई ग़म नहीं होता;

---

1. रंज = दु:ख
2. ख़िजाँ = पतझड़ का मौसम
3. तबस्सुम = मुसकराहट

वफ़ा का नाम मत लो सिर्फ़ मतलब की कहो यारो,
ज़माना है बुरा तुम इस ज़माने में रहो यारो;

जफ़ा[1] की आग में अब तुम वफ़ा की लाश जलने दो,
सितम का घी ज़रा इस आग में तुम डाल दो यारो;

अगर मुर्दा जला है तो वहाँ बदबू तो आएगी,
जहाँदारी[2] की पट्टी नाक पर तुम बाँध लो यारो;

उजड़ता है अगर कोई तो उसको तुम उजड़ने दो,
रखो तुम बंद आँखें काम अपना तुम करो यारो;

बड़ा नायाब है तुम सीख लो फ़न बेवफ़ाई का,
अगर जीना है थोड़े बेवफ़ा तुम भी बनो यारो;

---

1. जफ़ा = ज़ुल्म
2. जहाँदारी = दुनियादारी

काश ऐसा हो धुएँ के साथ हो जाऊँ फ़ना मैं,
है मुझे लगता सबा[1] के एक क़तरे से बना मैं;

जान मैंने उस घड़ी ही छोड़ दी अपनी सितमगर,
जिस घड़ी तुझ पर हुआ था एक पल को आशना मैं;

मैं तुम्हें कैसे सुनाऊँ शायरी मदहोश 'हाफ़िज़',
याद उसकी आ रही है हो रहा हूँ अनमना मैं;

था अगर दुश्मन ज़माना तो मुझे परवाह क्या थी,
दिल ही दुश्मन बन गया है कर रहा हूँ सामना मैं;

वस्ल[2] की रंगीन दोज़ख़ देख ली जी भर के मैंने,
हिज्र[3] की जन्नत ख़ुदाया चाहता हूँ देखना मैं;

1. सबा = हवा
2. वस्ल = मिलन
3. हिज्र = जुदाई

मरने के सिर्फ़ दो हैं तरीके जहान में,
रो-रो के मरो या कि खिलखिला के जान दो;

ताउम्र सिर झुका के जिए भी तो क्या जिए,
बेहतर है लड़ो और सिर उठा के जान दो;

सूली पे मसीहा को टाँगता है जहाँ ये,
जो तुम हो मसीहा तो मुस्कुरा के जान दो;

लानत है कोई तीर अगर पीठ पर लगा,
सीने में जान है तो आज़मा के जान दो;

इक रोज़ सभी को उसी दर पे लौटना,
है आज इलाही का फ़ैसला के जान दो;

यारों को ज़रूरत नहीं तो याद क्यों करें,
है वक़्त क़ीमती उसे बर्बाद क्यों करें;

दस्तूर-ए-जहाँ है ये नई बात तो नहीं,
क्यों बेवजह गिला करें फ़रियाद क्यों करें;

मतलबपरस्त लोग हैं दुनिया है मतलबी,
ये जानकर भी ख़्वाहिश-ए-इम्दाद[1] क्यों करें;

इक रोज़ उजाड़ना हो जिसे दोस्तों के हाथ,
उसे बागे-इश्तियाक़[2] को आबाद क्यों करें;

उनको है ख़बर अब मैं किसी काम का नहीं,
मुझसे फ़िज़ूल में वो इत्तेहाद[3] क्यों करें;

---

1. ख़्वाहिश-ए-इम्दाद = मदद की उम्मीद
2. बागे-इश्तियाक़ = आरज़ू का बाग
3. इत्तेहाद = दोस्ती, मित्रता

मैं क्या था दोस्तों ने मुझे क्या बना दिया,
अदना से आदमी को फ़रिश्ता बना दिया;

डरता था मर न जाऊँ कहीं दर्द-ए-दिल से मैं,
यारों ने मेरे दर्द को दवा बना दिया;

करते थे मेरा नाम क़ाफ़िरों में वो शुमार,
जब काम पड़ा तो मुझे ख़ुदा बना दिया;

ख़ुद हाथ बढ़ाया तो ख़ुद ही खींच भी लिया,
रुसवा[1] हुए तो मुझको बेवफ़ा बना दिया;

'हाफ़िज़' को खिलौनों से खेलने का शौक़ था,
अपना समझ के मुझको खिलौना बना दिया;

1. रुसवा = बदनाम

इतनी शिद्दत से उसको प्यार किया,
ग़मज़दा ख़ुद को बार-बार किया;

झूठे वादे पे भरोसा करके,
हमने ताउम्र इंतज़ार किया;

उस सितमगर को दिल दिया जिसने,
दिल का सौदा हज़ार बार किया;

सब को दुश्मन बना लिया अपना,
इस कदर उस पे ऐतबार किया;

हर घड़ी उसको दुआ दी 'हाफ़िज़',
हर घड़ी जिसने बेक़रार किया;

गुज़र जाएगा दिन पर ग़म में डूबी शाम किसको दें,
कोई कह दे कि हम अपना दिले-नाकाम किसको दें;

हमारा दिल लगा तो वो भी इक पत्थर की मूरत से,
तो अब दिल टूटने का हम भला इल्ज़ाम किसको दें;

हमारे दोस्त क्या दुश्मन भी सारे बावफ़ा[1] निकले,
समझ आता नहीं हम बेवफ़ा का नाम किसको दें;

हमें हर शख़्स ने इक चोट दी औरों से कुछ हटकर,
सभी में है बराबर दर्द हम इनाम किसको दें;

शराबी तो मिले 'हाफ़िज़' मिला ना कद्रदाँ कोई,
बड़ा नायाब है ये ज़िंदगी का जाम किसको दें;

1. बावफ़ा = वफ़ादार

नर्म बिस्तर पे मुझे नींद नहीं आती है,
ज़रा काँटों की सेज फिर से सजा दो यारो;

एक अरसे से जी रहा हूँ बेवजह यूँ ही,
ज़रा फिर से मुझे जीने की वजह दो यारो;

मेरी रगों में दौड़ता हुआ ये सर्द लहू,
खौल उठ्ठे मुझे मक़सद वो बजा[1] दो यारो;

मेरे सीने में वजर[2] क्यों समझ नहीं आता,
मेरे दिल से ज़रा निकाल वजा[3] दो यारो;

खार[4] चुभते रहें निगाह रहे मंज़िल पर,
मेरी ताक़त जो बने ऐसी रजा[5] दो यारो;

---

1. बजा = शुद्ध, उचित
2. वजर = डर
3. वजा = पीड़ा, वेदना, दर्द
4. खार = काँटे
5. रजा = इच्छा

ये बात सच है मुझे उनका इंतज़ार नहीं,
मगर ये झूठ है कि मुझको उनसे प्यार नहीं;

मेरी रग-रग में दौड़ते हैं वो लहू बनकर,
यही वजह है मैं बेसब्र-बेक़रार नहीं;

ये मशवरा है दोस्तों का भुला दूँ मैं उन्हें,
मैं मानता हूँ मगर दिल पे इख़्तियार[1] नहीं;

वो मुझे तोड़कर गए हैं लाख टुकड़ों में,
ये उनकी जीत सही पर ये मेरी हार नहीं;

वो दिल की जंग को हज़ार बार जीते हैं,
मैं एक बार ही हार हूँ बार-बार नहीं;

1. इख़्तियार = नियंत्रण

न जाने कितने ही ज़ख़्मों को छुपाए हैं हम,
न जाने कितनी ही आहों को दबाए हैं हम;

कभी अपने थे उनके हम और पराई दुनिया,
आज उनकी है ये दुनिया और पराए हैं हम;

शब-ए-तन्हाई[1] कटेगी सुकून से अपनी,
याद ओढ़े हैं उनके ग़म को बिछाए हैं हम;

कि उसके सामने पहाड़ बहुत हल्के हैं,
इश्क़-ए-नाकाम[2] का जो बोझ उठाए हैं हम;

कभी-कभार हँसी बन के छलक जाता है,
जाम इक दर्द का सीने में छुपाए हैं हम;

1. शब-ए-तन्हाई = अकेलेपन की रात
2. इश्क़-ए-नाकाम = नाकाम प्यार

तुम मुझे क्या धुआँ करोगे सनम,
मैं तो हर रोज़ धुआँ होता हूँ;

जिसे पैरों से रौंदते हो तुम,
ख़ाक में मैं ही मिला होता हूँ;

मैंने देखा नहीं ख़ुदा को कभी,
तेरे दर पे मैं फ़ना[1] होता हूँ;

कोई ढूँढ़े तुझे मेरे दिल में,
तेरे दिल पे मैं लिखा होता हूँ;

कोई तुझको बुरा कहे न कभी,
ले मैं दुनिया में बुरा होता हूँ;

---

1. फ़ना = पूर्ण विनाश, बर्बाद

मुस्कुराने का तरीक़ा सीख लो,
खिलखिलाने का तरीक़ा सीख लो;

दूर जाना तो बहुत आसान है,
पास आने का तरीक़ा सीख लो;

जब तलक ना आज़माओ क्या पता,
आज़माने का तरीक़ा सीख लो;

क्यों भला तुम हर घड़ी बेचैन हो,
दिल लगाने का तरीक़ा सीख लो;

क्या तड़पना बेवफ़ा की याद में,
भूल जाने का तरीक़ा सीख लो;

दूर जाने की क़सम खाई है,
सब भुलाने की क़सम खाई है;

उनको नफ़रत है अँधेरों से तो,
दिल जलाने की क़सम खाई है;

प्यार को हिज्र[1] की कसौटी पर,
आज़माने की क़सम खाई है;

यार ने दिल से दुश्मनी की है,
तो निभाने की क़सम खाई है;

सर झुकाने के हम नहीं कायल,
सर कटाने की क़सम खाई है;

---

1. हिज्र = जुदाई

उन्फ़[1] दिखता हूँ मगर आन[2] का दिल रखता हूँ,
बाख़ुदा ख़्वाहिश-ओ-अरमान का दिल रखता हूँ;

बात दीगर है[3] कि दिखने में सख़्त हूँ लेकिन,
संग मैं भी नहीं इंसान का दिल रखता हूँ;

मेरा पेशा है दग़ा मुझको फ़रेबी न कहो,
मैं फ़रेबी नहीं ईमान का दिल रखता हूँ;

मेरे मेहमान बने तुम न दो घड़ी को भी,
कैसे दिखलाऊँ मेज़बान का दिल रखता हूँ;

ज़माँ-ए-बद[4] में तुम्हें कैसे अकेला छोड़ूँ,
प्यार करता हूँ निगहबान[5] का दिल रखता हूँ;

---

1. उन्फ़ = खुरदरा, रूखा
2. आन = नाज़ो-अदा
3. बात दीगर है = बात और है
4. ज़माँ-ए-बद = बुरे ज़माने में
5. निगहबान = रक्षक

न तो सवाब[1] मिल ना विसाल-ए-यार[2] मिला,
मिला तो एक तेरा तीर दिल के पार मिला;

ज़रा सी देर हुई दिल की बात कहने में,
सज़ा-ए-मौत नहीं मुझको इंतज़ार मिला;

न जाने कितनी दफ़ा तुझको भुलाया मैंने,
मगर न भूल सका तू ही बार-बार मिला;

मुझे मिली है दुश्मनी ये मेरी क़िस्मत है,
इसी जहाँ में मेरे दोस्तों को प्यार मिला;

किसी ने कुछ न कहा फिर भी कर दिया ज़ाहिर,
निगाहे-बेक़रार से मुझे क़रार मिला;

---

1. सवाब = पुण्य कर्मों का फल
2. विसाल-ए-यार = जिससे प्रेम है उससे मिलन

तुम्हारे दिल में क्या है ये हमें इक बार तो कह दो,
अगर है तो बता दो गर नहीं है प्यार तो कह दो;

हक़ीक़त को छुपाने से भला हासिल भी क्या होगा,
कोई शिकवा नहीं दिल तोड़ दो पर यार तो कह दो;

ये ऊहापोह ये होगा-नहीं-होगा की बेचैनी,
अगर समझो कहीं हमको न डाले मार तो कह दो;

हमारे दिल पे कितना बोझ है ये क्या बताएँ हम,
अगर दिल पर तुम्हारे भी हो थोड़ा भार तो कह दो;

हमें काँटों पे चलने से नहीं परहेज थोड़ा भी,
अगर चुभते हों पैरों में तुम्हारे खार[1] तो कह दो;

1. खार = काँटे

सबको पता है बात छुपाऊँ तो भला क्या,
मैं ज़ख़्म मुहब्बत के दिखाऊँ तो भला क्या;

आँखों से तेरी एक अश्क़[1] भी तो ना गिरा,
रो-रो के तुझे पास बुलाऊँ तो भला क्या;

बिखरी मेरी उम्मीद तेरे घर के सामने,
दुनिया में तुझे ढूँढ़ने जाऊँ तो भला क्या;

तुझको है फ़िक्र सारे ज़माने की ख़ुशी की,
मैं दर्द मेरा तुझपे जताऊँ तो भला क्या;

तू बेवफ़ा सही मगर है मेरी मुहब्बत,
इल्ज़ाम कोई तुझपे लगाऊँ तो भला क्या;

आँखों से मेरी नींद हक़ीक़त ने छीन ली,
सपनों का घरौंदा मैं बनाऊँ तो भला क्या;

'हाफ़िज़' का है जो हाल तुझे ख़ूब पता है,
मैं हाल मेरा तुझको सुनाऊँ तो भला क्या;

---

1. अश्क़ = आँसू

जब मेरा राज़ बेनक़ाब हुआ,
क़तरा-क़तरा हरेक ख़्वाब हुआ;

हद-ए-संगीनीयत[1] के पैमाँ पे,
मेरे जुर्मों का इंतख़ाब[2] हुआ;

मेरा हमदर्द बन गया मुंसिफ़,
और हर बात का हिसाब हुआ;

अब मैं ख़ामोश और वो भी छुप,
कोई सवाल ना जवाब हुआ;

दर्द की क्या कहूँ तुझे 'हाफ़िज़',
वो हुआ और बेहिसाब हुआ;

---

1. हद-ए-संगीनीयत = (अपराध की) गंभीरता का पैमाना
2. इंतख़ाब = चुनाव (गिनती करने के अर्थ में)

हम नवा-ए-जफ़ा[1] नहीं होंगे,
वो भी अहले वफ़ा[2] नहीं होंगे;

संगेमरमर के ख़ूबसूरत बुत,
बुत रहेंगे ख़ुदा नहीं होंगे;

हम हैं पैरों तले ज़मीं उनकी,
हम कभी आसमाँ नहीं होंगे;

वो हमारी ख़ता न बन पाए,
हम भी उनकी ख़ता नहीं होंगे;

आज जो ठोकरों पे हैं यारो,
क्या पता कल वो क्या नहीं होंगे;

ज़िंदगी भर के कुफ्र[3] हैं 'हाफ़िज़'
डुबकियाँ से सफ़ा नहीं होंगे;

---

1. नवा-ए-जफ़ा = ज़ुल्म करने का साधन
2. अहले वफ़ा = वफादार लोग
3. कुफ्र = पाप

कुछ घड़ी की है बात फिर मैं चला जाऊँगा,
सिर्फ़ कुछ और रात फिर मैं चला जाऊँगा;

कौन जाने मेरे हिस्से में है कितनी साँसें,
ख़त्म होगी हयात[1] फिर मैं चला जाऊँगा;

मैंने हारी हैं बाज़ियों पे बाज़ियाँ माना,
एक शह और मात फिर मैं चला जाऊँगा;

मेरा धोखों से दिल अभी भरा नहीं 'हाफ़िज़',
सिर्फ़ इक और घात[2] फिर मैं चला जाऊँगा;

मैंने खेला है ज़िंदगी को बड़ी शिद्दत[3] से;
आख़िरी है बिसात फिर मैं चला जाऊँगा;

1. हयात = जिंदगी, जीवन
2. घात = धोखा
3. शिद्दत = लगन, गंभीरता

बोझ यादों का उठाने के लिए,
दिल मिला है दिल दुखाने के लिए;

है मसर्रत[1] की किसे परवाह अब,
ग़म बहुत है मुस्कुराने के लिए;

एक तगड़ी चोट ही दरकार[2] है,
संग का दम आज़माने के लिए;

नींद छोड़ो मौत भी काफ़ी नहीं,
नाम उनका भूल जाने के लिए;

आसमाँ में फिर घिरे बादल घने,
फिर कहीं बिजली गिराने के लिए;

1. मसर्रत = खुशी
2. दरकार = आवश्यक

लगी जो चोट शीशे से वो पकती है ज़रूर,
बनी जो छत ग़लत वो छत टपकती है ज़रूर;

डरो उससे जो मरने के लिए तैयार हो,
शमा बुझने से पहले लौ भभकती है ज़रूर;

बिना इबरत[1] कहीं भी बर्क़[2] गिरती ही नहीं,
कहीं गिरने से पहले वो चमकती है ज़रूर;

भले ही ज़िंदगी बाहर से ना रोए मगर,
वो रौंदी जाए तो अंदर सुबकती है ज़रूर;

जो रेगिस्तान में तूफ़ान उठ आए कहीं,
वहाँ के शहर को फिर रेत ढकती है ज़रूर;

बहुत छोटी है चींटी ये हक़ीक़त है मगर,
अगर चाहे तो हाथी मार सकती है ज़रूर;

---

1. इबरत = पूर्व सूचना
2. बर्क़ = आसमानी बिजली

कोई चट्टान हो मज़बूत कितनी भी मगर,
पड़े जब मार पानी की दरकती[1] है ज़रूर;

ज़ुबाँ की चोट दिखती है बदन पर तो नहीं,
मगर वो रूह के अंदर सिसकती है ज़रूर;

बचो कितना भी चाहे मौत से 'हाफ़िज़' मगर,
फ़ना[2] के वक़्त पर वो आ धमकती है ज़रूर;

1. दरकती = टूटती
2. फ़ना = ख़त्म होना

तेरे गुलशन को सरेआम जलाने वाले,
आब[1] ले आए हैं अब आग लगाने वाले;

तेरी कश्ती की ही पतवार बने फिरते हैं,
तेरी कश्ती को समंदर में डुबाने वाले;

देख वो जान बचाने के लिए आए हैं,
तुझे मरने के लिए छोड़ के जाने वाले;

चंद लम्हे हैं मसर्रत[2] के इन्हें जी ले तू,
जाने कब लौट के आ जाएँ रुलाने वाले;

तेरे जज़्बात तेरा प्यार नहीं समझेंगे,
संगदिल[3], संगजिगर[4], संग[5] ज़माने वाले;

बड़ी क़िस्मत से निगहबान[6] मिलेगा कोई,
लाख मिल जाएँगे दुनिया में सताने वाले;

आज देते हैं भरोसे की दुहाई 'हाफ़िज़',
हर बहाने के लिए एक बहाने वाले;

1. आब = पानी
2. मसर्रत = खुशी, प्रसन्नता
3. संगदिल = पत्थरदिल
4. संगजिगर = पत्थर जैसे जिगरवाले ('निर्दयी' के अर्थ में प्रयुक्त)
5. संग = पत्थर, चट्टान ('भावनाहीन' के अर्थ में प्रयुक्त)
6. निगहबान = रखवाली करनेवाला

एक सूखा हुआ शजर[1] देखो,
एक बर्बाद खँडहर देखो;

आग तुमको अगर लगानी है,
आओ आ करके मेरा घर देखो;

ज़ुल्म हाकिम[2] का देखना है अगर,
चल के बस्ती में इक नज़र देखो;

जाने कल हम रहें, रहें, न रहें,
आज देखो तो आँख भर देखो;

मेरी किस्मत में रात है 'हाफ़िज़'
उनकी तक़दीर में सहर[3] देखो;

1. शजर = पेड़
2. हाकिम = शासक, मालिक
3. सहर = सुबह

कोई चाहत न आरज़ू बाक़ी,
प्यास बाक़ी न जुस्तजू[1] बाक़ी;

इतना खाली-सा हो गया हूँ मैं,
अब रगों में नहीं लहू बाक़ी;

आज सबकुछ ही छिन चुका मुझसे,
रिज़्क़[2] बाक़ी न आबरू[3] बाक़ी;

उसका ख़ंजर छुपा लिया दिल में,
पैरहन[4] सिर्फ़ सुर्ख़रू[5] बाक़ी;

वक़्त ने वो सितम किया हाफ़िज़,
तेरी हस्ती बची न तू बाक़ी;

---

1. जुस्तजू = तलाश
2. रिज़्क़ = रोज़गार, आजीविका का साधन
3. आबरू = इज़्ज़त
4. पैरहन = कपड़े, परिधान
5. सुर्ख़रू = लाल रंग का ('खून से रँगे हुए' के अर्थ में प्रयुक्त)

कितने दर्द समेटे जाने कितने पाने बाक़ी हैं,
कितने धोखे खाए कितने धोखे खाने बाक़ी हैं;

कहो शमा से रात पड़ी है बुझने का वो नाम न ले,
सुनने में आया है ज़िंदा कुछ परवाने बाक़ी हैं;

उम्र फ़ना हो जाए चाहे गिनती ख़त्म नहीं होगी,
मिले हज़ारों ग़म हैं जाने कितने आने बाक़ी हैं;

तेरा दिल था एक निशाना कमी दिलों की नहीं मगर,
तीर बचे तरकश में कितने और निशाने बाक़ी हैं;

ढाए उसने लाख सितम हैं यही हक़ीक़त है हाफ़िज़,
जितने ज़ख़्म दिए हैं उतने ज़ख़्म लगाने बाक़ी हैं;

मेरा जीने का मन नहीं करता,
ज़ख़्म सीने का मन नहीं करता;

इस कदर अश्क़[1] पी चुका हूँ मैं,
और पीने का मन नहीं करता;

मुझको दरिया में डूब जाने दो,
अब सफ़ीने[2] का मन नहीं करता;

काँच क़िस्मत में हैं लिखे मेरी,
तो नगीने का मन नहीं करता;

इस क़दर मैं बिखर चुका 'हाफ़िज़',
अब क़रीने[3] का मन नहीं करता;

---

1. अश्क़ = आँसू
2. सफ़ीने = नाव, कश्ती
3. क़रीने = कायदे से लगी हुई चीज़

दिन काले और रातें काली;
स्याह अब्र[1] बरसातें काली;

जिनको अपना माना उनके,
दिल काले और बातें काली,

वक़्त आ गया है कुछ ऐसा,
हाकिम की इफ़रातें[2] काली;

यही क़ायदा यही क़रीना,
कुछ उजली कुछ ज़ातें काली;

आज मिली तोहफ़े में 'हाफ़िज़',
अपनों से सौगातें काली;

1. अब्र = बादल
2. इफ़रातें = अनुकंपा में दी गईं चीज़ें

बहुत हो गई दुनियादारी, मुझको वापस जाना है;
ख़त्म हो चुकीं बातें सारी, मुझको वापस जाना है;

जिसके लिए बिछाई पलकें, उसने पीठ छुरा भोंका;
धोखे में लिपटी थी यारी, मुझको वापस जाना है;

मैंने जिस पर किया भरोसा, सबसे बढ़ सबसे ज़्यादा;
उसने ख़ूब करी अय्यारी[1], मुझको वापस जाना है;

मैं अनजान बना बैठा था, पर उसने शिद्दत से की;
गला काटने की तैयारी, मुझको वापस जाना है;

शजर[2] उगाए थे उल्फ़त के, उसकी ही खातिर 'हाफ़िज़',
वो लाया हाथों में आरी, मुझको वापस जाना है;

---

1. अय्यारी = जासूसी
2. शजर = पेड़, दरख़्त

जरायम[1] में इरादत[2] हो रही है,
रक़ीबों[3] की इबादत हो रही है;

मिले हैं इस क़दर धोखे मुसलसल[4],
मुझे धोखों की आदत हो रही है;

जहाँ ख़ादिम[5] हूँ मैं उस अंजुमन[6] में,
उसूलों की शहादत हो रही है;

खड़ा ख़ामोश हाकिम[7] देखता है,
शरारत पे शरारत हो रही है;

रियाया[8] पर कहर बरपा है 'हाफ़िज़',
बड़ी अच्छी सियादत[9] हो रही है;

---

1. जरायम = बहुत से अपराध, बुरे काम
2. इरादत = श्रद्धा
3. रकीबों = शत्रुओं
4. मुसलसल = लगातार
5. खादिम = सेवक, नौकर
6. अंजुमन = सभा, महफ़िल
7. हाकिम = शासक, मालिक
8. रियाया = प्रजा
9. सियादत = शासन, देश का प्रबंधन

अब तो जाना ही है दिल टूट भी जाए तो क्या है,
सब भुलाना ही है सब छूट भी जाए तो क्या है;

साँस रुकते ही फ़ना[1] प्यार फ़ना रंजिश[2] भी,
साँस रुकने को है वो रूठ भी जाए तो क्या है;

मुझे लूटा है मेरे दोस्त ने बेरहमी से,
मेरा दुश्मन भी मुझे लूट भी जाए तो क्या है;

मेरे सच को तो किसी ने भी तवज्जो[3] ना दी,
मेरे बारे में ख़बर झूठ भी जाए तो क्या है;

एक पानी का बुलबुला है ज़िंदगी 'हाफ़िज़',
चंद लम्हात[4] में गर फूट भी जाए तो क्या है;

---

1. फ़ना = ख़त्म
2. रंजिश = दुश्मनी
3. तवज्जो = महत्त्व
4. लम्हात = पलों

छत गिरा दी ज़रा दीवार की अना[1] देखो,
तोड़ गुंबद दिया मीनार की अना देखो;

जिसे करनी थी हिफ़ाज़त वही सिर काट रही,
बेमुरव्वत[2] ज़रा तलवार की अना देखो;

ज़िंदगी भर के भरोसे को तार-तार किया,
आओ आकर के मेरे यार की अना देखो;

जीत तो जीत है उसकी अना के क्या कहने,
देखनी है तो मेरी हार की अना देखो;

दिल लगाने का सिला सिर्फ़ ज़लालत[3] 'हाफ़िज़',
ज़रा सीखो दिल-ए-बेज़ार[4] की अना देखो;

---

1. अना = अहं, ईगो
2. बेमुरव्वत = तोताचश्म, निष्ठुर
3. जलालत = बेइज़्ज़ती, अपमान
4. दिल-ए-बेज़ार = नाराज़ दिल, नाखुश, खफ़ा

इस क़दर ग़ैरों पे उनकी ये इनायत[1] क्यूँ है,
और बातों में घुली सिर्फ़ सियासत[2] क्यूँ है;

बड़ा ग़ुनाह है इस दिल की बात कह देना,
इतनी बेरहम ज़माने की रिवायत[3] क्यूँ है;

दिल–ए–नाशाद[4] का जब दर्द सुनाया मैंने,
वो ज़माने के लिए एक हिकायत[5] क्यूँ है;

मेरी क़िस्मत में लिखी सिर्फ़ सज़ाओं पे सज़ा,
उसके हिस्से में रियायत पे रियायत क्यूँ है;

चीख निकले न कभी दीदा–ए–तर[6] हो मेरी,
हुक्म–ए–हाकिम[7] की यही एक हिदायत क्यूँ है;

---

1. इनायत = कृपा
2. सियासत = राजनीति
3. रिवायत = परंपरा
4. दिल–ए–नाशाद = अप्रसन्न हृदय, दुःखी मन
5. हिकायत = दिलचस्प बात
6. दीदा–ए–तर = नम आँखें
7. हुक्म–ए–हाकिम = शासक का आदेश

चार पल को जो जी लिया ज़रा अपनी ख़ातिर
तेरे जीने से जहाँ भर को शिकायत क्यूँ है;

कलमा-ए-कुफ्र[1] पे पाबंदी है 'हाफ़िज़' के लिए
कलमा-ए-कुफ्र किसी और की आयत[2] क्यूँ है;

1. कलमा-ए-कुफ्र = ईशनिंदा
2. आयत = (कुरान में लिखे) पवित्र छंद

कोई भी काम मुक़म्मल[1] नहीं हुआ मेरा,
मगर फ़िज़ूल कोई पल नहीं हुआ मेरा;

हज़ार फ़ैसले लिए गए मेरी ख़ातिर,
किसी भी बात में दख़ल नहीं हुआ मेरा;

न जाने कितने मसाइल[2] से जूझता था मैं,
कोई अज़ाब[3] कभी हल नहीं हुआ मेरा;

बुरों की फ़ेहरिस्त[4] में जो लिख गया यारो,
वहाँ से नाम बेदख़ल नहीं हुआ मेरा;

मैं मशवरों पे मशवरे दिए गया हाफ़िज़,
कोई हिसाब बा-अमल[5] नहीं हुआ मेरा;

---

1. मुक़म्मल = संपूर्ण, सफ़ल
2. मसाइल = समस्याएँ, कठिनाइयाँ
3. अज़ाब = दु:ख, पीड़ा, मुसीबत
4. फ़ेहरिस्त = सूचि 'लिस्ट'
5. बा-अमल = विचार योग्य, जिसपर अमल किया जाए

नई दुनिया में बहुत दूर बसेरा होगा,
रात होगी न पहर ना ये सवेरा होगा;

कोई अपना न पराया न दोस्त ना दुश्मन,
कोई तेरा न वहाँ कोई भी मेरा होगा;

तेरी जानिब[1] में उजाले ही उजाले होंगे,
मेरी मंजिल पे अँधेरा ही अँधेरा होगा;

कोई उम्मीद रहेगी न किसी से शिकवा,
सिर्फ़ तन्हाई की दीवार का घेरा होगा;

तेरी बस्ती से चला जाएगा ख़ामोशी से,
अब तो 'हाफ़िज़' का कहीं और ही डेरा होगा;

---

1. जानिब = तरफ, दिशा, ओर

गीत ग़ज़ल और पायल भी,
शहर भी है और जंगल भी;

ख़ूब क़यामत ढाए है,
तेरे नैनों का काजल भी;

अब तो बाहर आ जाओ,
घिर आए हैं बादल भी;

तेरी रमक़[1] के नग़मे गाएँ,
सोना, चाँदी, पीतल भी;

काश मयस्सर फिर से हो,
माँ का प्यारा आँचल भी;

तेरे जैसा कौन है मेरा,
तू आख़िर भी अव्वल भी;

मुझमें दोनों बसते हैं,
'हाफ़िज़' भी और 'बंसल' भी;

1. रमक़ = चमक, प्रभाव

इक तरफ़ दिल मेरा उसका ही तमन्नाई है,
इक तरफ़ उससे तबीयत मेरी उकताई है;

अजनबी जैसा मिला करता है वो महफ़िल में,
एक मुद्दत से मेरी जिससे शनासाई[1] है;

सामने जिसके न आने की क़सम खाई थी,
उसकी तस्वीर निगाहों में उतर आई है;

इस तरफ़ शोर-ए-तबाही[2] के सिवा कुछ भी नहीं,
किस सलीक़े की उधर अंजुमन-आराई[3] है;

फूल जिस दश्त[4] में खिलते थे कभी ख़्वाबों के,
अब उसी दश्त में मैं हूँ मेरी तन्हाई है;

किसको अपना मैं कहूँ किसको पराया समझूँ,
लब अगर खोल दूँ 'हाफ़िज़' तेरी रुसवाई[5] है

1. शनासाई = जान, पहचान
2. शोर-ए-तबाही = बर्बादी
3. अंजुमन-आराई = महफ़िल की ख़ूबसूरती
4. दश्त = जंगल, वन
5. रुसवाई = बदनामी

बड़ी मुश्किल से मेरा राज़ लिखा है मैंने,
मेरी खमोशी को आवाज़ लिखा है मैंने;

लोग कहते हैं कि दीवान लिख रहा हूँ मैं,
एक बस तेरा ही अंदाज़ लिखा है मैंने;

ज़रा सुन तो मेरे पंखों को काटने वाले,
तेरे नसीब में परवाज़ लिखा है मैंने;

तू अगर मुझसे ख़फ़ा है तो बड़ी बात नहीं,
ख़ुद को ख़ुद से बड़ा नाराज़ लिखा है मैंने,

मैंने माना कि तू फितरत से फरेबी है मगर,
तुझे फिर भी मेरा हमराज़ लिखा है मैंने,

मैं जो लिखने पे उतरता तो क्या नहीं लिखता,
मगर कलाम बा-लिहाज़ लिखा है मैंने;

ज़रा हाफ़िज़ की सोच की उड़ान को देखो
मेरे अंजाम पे आगाज़ लिखा है मैंने;

□

रुबाई

ड्राफ्ट

ग़लत को ना सहना बुरा लग गया,
खड़ा तन के रहना बुरा लग गया;
हक़ीक़त तो सबको ही मालूम थी,
मेरा खुल के कहना बुरा लग गया;

कोई मंज़िल न रास्ता होगा,
तेरी क़िस्मत को सब पता होगा;
वो तुझे मिल ही जाएगा 'हाफ़िज़'
जो तुझे दिल से चाहता होगा;

जब बवंडर[1] थमा तो गर्द बची,
जब बुझी आग राख छोड़ गई;
वो खला[2] फिर न भर सका 'हाफ़िज़'
कील निकली सुराख छोड़ गई;

1. बवंडर = तूफ़ान
2. खला = खाली जगह, छेद

वो सम्हल जाता है जिसमें अना[1] नहीं होती,
घास दब जाती है लेकिन फ़ना[2] नहीं होती;
कोई ऐसा मुआशरा[3] हो जहाँ में 'हाफ़िज़',
जहाँ दिलों में मुहब्बत मना नहीं होती;

1. अना = अहं, ईगो
2. फ़ना = ख़त्म, बर्बाद
3. मुआशरा = समाज, सभ्यता

सर्द रातों में भी शबनम[1] को तरस जाता हूँ,
आँख सूखी है चश्मे-नम[2] को तरस जाता हूँ;
मुझे दरकार[3] मसर्रत[4] की कब हुई 'हाफ़िज़';
इतना तन्हा[5] हूँ कि मैं ग़म को तरस जाता हूँ;

---

1. शबनम = ओस
2. चश्मे-नम = गीली आँखें
3. दरकार = इच्छा
4. मसर्रत = खुशी
5. तन्हा = अकेला

ठंड में धूप तपिश[1] में नहीं बरसात मिली,
दिल के टुकड़ों से बनी दर्द की सौगात मिली;
जिनकी क़िस्मत में उजाला था मिला दिन उनको,
मेरी क़िस्मत में अँधेरा था मुझे रात मिली;

1. तपिश = गर्मी

दिल के ज़ख़्मों को दिखाने की ज़रूरत क्या है,
सब को हर बात बताने की ज़रूरत क्या है;
यूँ भी हैं लाख बहाने तेरी बर्बादी के,
तुझको इक और बहाने की ज़रूरत क्या है;

नींद आँखों से उड़ गई ऐसे,
जान दर्दों से जुड़ गई ऐसे;
मैं कभी लौट ना सका 'हाफ़िज़',
ज़िंदगी मोड़ मुड़ गई ऐसे;

न तो दिल खोल के हँसने में और न रोने में,
न चैन है तुझे पाने में और न खोने में;
मैं रहूँ तो भी जुदाई न रहूँ तो भी वही,
बता क्या फ़र्क़ है 'होने' में और 'न होने' में;

दिन–रात रहे हैं बड़े नजदीक रहे हैं,
हम भी तो कभी आपके रफ़ीक़[1] रहे हैं;
यूँ अजनबी–सा हमसे कीजिए तो ना सुलूक़,
अच्छे–बुरे में आपके शरीक़[2] रहे हैं;

1. रफ़ीक़ = दोस्त
2. शरीक़ = शामिल

मुझे टुकड़ों में टूटकर के बिखरने देगा,
मेरा हाफ़िज़[1] ही मुझे ख़ुदकुशी[2] करने देगा;
मैं भरोसे पे ज़हर पी गया हँसते-हँसते;
मैंने सोचा ही न था वो मुझे मरने देगा;

1. हाफ़िज़ = वो जो हिफ़ाज़त करे, रक्षक
2. ख़ुदकुशी = आत्महत्या

जो निगहबाँ[1] थे उन्होंने ही शरारत की है,
मेरे अहबाब[2] ने छुप–छुप के अदावत[3] की है;
आज वो दौर है जिसमें कोई महफ़ूज़[4] नहीं,
गुलफ़रोशों[5] ने भी काँटों की तिजारत[6] की है;

---

1. निगहबाँ = रक्षक
2. अहबाब = दोस्त (बहुवचन)
3. अदावत = दुश्मनी
4. महफ़ूज़ = सुरक्षित
5. गुलफ़रोशों = फूल बेचनेवाले
6. तिजारत = व्यापार

बिगड़ चुकी है ग़ज़ल अब कोई बहर[1] न रहा,
सियाह रात है दिन का कोई पहर न रहा;
जहाँ बसे थे बड़े नाज़ से कभी हम-तुम,
दग़ा[2] की आग में वो जल गया शहर न रहा;

1. बहर = वृत्त, चंद, शेर का वज़न, 'मीटर'
2. दग़ा = धोखा

सब ख़तम है मुल्क़ में जो बच गई वो ज़ात है,
ना क़दर आलिम[1] की है ना इल्म[2] के औक़ात है;
किस तरह अहले-वतन[3] को बाँटकर गद्दी मिले,
और ना मुद्दा है कोई ना ही कोई बात है;

---

1. आलिम = विद्वान्
2. इल्म = विद्या
3. अहले-वतन = देश के लोगों

इस ताल्लुक[1] से ताल्लुक का ना होना अच्छा,
इस किनारे से तो कश्ती को डुबोना अच्छा;
वस्ले-रानाइए-रफ़ीक़[2] से बढ़े तड़पन
ऐसे मिलने से तो तन्हाई[3] में रोना अच्छा;

1. ताल्लुक = संबंध, लगाव
2. वस्ले-रानाइए-रफ़ीक़ = दोस्त की खूबसूरती के मिलने (दिखने) से
3. तन्हाई = अकेलापन

प्यार के दर्द से भरे आँसू,
याद आते हैं वो तेरे आँसू;
तेरी आँखों से जो मेरी ख़ातिर,
मोतियों की तरह गिरे आँसू;

इक ज़रा सी बात का लो फिर फ़साना[1] हो गया,
फिर किसी के प्यार का दुश्मन ज़माना हो गया;
फिर किसी से दिल लगाने की ख़ता[2] करके यहाँ,
फिर कोई दुनिया के तीरों का निशाना हो गया;

1. फ़साना = कहानी
2. खता = ग़लती, अपराध

एक पल अच्छा था दूजे पल बुरा मैं हो गया,
क्या कहूँ कैसे बताऊँ क्या से क्या मैं हो गया;
ये पता ही ना चला ये कब हुआ कैसे हुआ,
एक ही लम्हे में गोया[1] 'है' से 'था' मैं हो गया;

1. गोया = जैसे

ग़मे–पिन्हा[1], ग़मे–दौराँ[2], ग़मे–दिल[3] कुछ ना रहे,
आज कुछ ऐसी पिला ऐसे पिला दे साक़ी;
कोई रफ़ीक़[4] कोई दोस्त चारागर[5] न हुआ,
तेरा दुश्मन हूँ मुझे तू ही दवा दे साक़ी;

1. ग़मे–पिन्हा = अंदरूनी तकलीफ, मनःस्ताप
2. ग़मे–दौराँ = दुनिया में जीवित होने के कारण होनेवाला संताप
3. ग़मे–दिल = दिल का दर्द
4. रफ़ीक़ = मित्र
5. चारागर = डॉक्टर, वैद्य, हकीम

वो न समझे हैं न समझेंगे मुहब्बत क्या है,
शोख़ आँखों की हँसी क्या है शरारत क्या है;
उनके इल्ज़ाम भी मासूम हैं उनके जैसे,
वो नहीं जानते इस दौर में तोहमत क्या है;

हर मुसीबत को तुम्हारे सामने झुकना पड़ेगा,
गर इरादे हों तुम्हारे उस मुसीबत से भी बढ़कर;
तुम कभी हिम्मत न हारो उस परिंदे को भी देखो,
घोंसला फिर से बनाता आँधियों में जो उजड़कर;

क्या नहीं खोया तेरी चाहत में मैंने ऐ सितमगर,
नाम खोया, प्यार खोया, दिल लुटा, तक़दीर खोई;
आस खोई, चैन खोया, दोस्त खोए, यार खोए,
दिन मिटाए, रात खोई, ख़ुद मेरी तासीर खोई;

दि़न बदल जाते हैं हालात बदल जाते हैं,
दिल बदल जाते हैं जज़्बात बदल जाते हैं;
चाँद-सूरज की क़सम वक़्त बदलता है तो,
वक़्त के साथ में दिन-रात बदल जाते हैं;

दिन तो काटा है तड़प के शब[1] गुज़ारूँ किस तरह,
है जिसे वहशत[2] तेरी उस दिल को मारूँ किस तरह;
मैं तो हूँ बदनाम पर तेरा तो दामन साफ़ है,
तू बता तुझको पुकारूँ तो पुकारूँ किस तरह;

1. शब = रात
2. वहशत = पागलपन

मैं तो माज़ी[1] का सिकंदर हूँ लौट आता हूँ,
हर बुझे ख़्वाब के अंदर हूँ लौट आता हूँ;
तू किनारा है, किनारा कहीं नहीं जाता,
मैं ही बेशर्म समंदर हूँ लौट आता हूँ;

1. माज़ी = गुज़रा वक़्त

जाम–ए–हसरत[1] किस तरह उछाल पाऊँगा,
रंज–ए–फ़ुरकत[2] किस तरह सम्हाल पाऊँगा;
मेरे वजूद में तेरा वजूद शामिल है,
जान से साँस को कैसे निकाल पाऊँगा;

1. जाम–ए–हसरत = इच्छाओं का प्याला (तीव्र इच्छा के अर्थ में प्रयुक्त)
2. रंज–ए–फ़ुरकत = जुदाई की तकलीफ

साथ में तक़दीर का रुख मोड़ देते,
तुम अना[1] की बेड़ियाँ गर तोड़ देते;
इक क़दम आगे अगर जो तुम बढ़ाते,
एक पल में हम जहाँ को छोड़ देते;

1. अना = अहं, ईगो

मैं तुझे छूकर नया हो जाऊँगा,
हूँ ज़मीं पर आसमाँ हो जाऊँगा;
हो गया हूँ ठूँठ तुझसे दूर मैं,
छू मुझे मैं फिर हरा हो जाऊँगा;

इस ज़माने की ज़रा रस्म-ओ-रवायत[1] देखो,
जिसे समझा है वली[2] उसकी इनायत देखो;
तुम्हें ग़ैरों की शिकायत से ग़िला है 'हाफ़िज़',
मेरे अपनों की शिकायत पे शिकायत देखो;

1. रस्म-ओ-रवायत = तौर-तरीके
2. वली = मेहरबान

उसकी नफ़रत को मेरे प्यार पे तौला जाए,
मेरी हिम्मत को भी तलवार पे तौला जाए;
मैं था अच्छा या बुरा था ये मेरी ख़्वाहिश है,
कि मुझे वक़्त के मेयार[1] पे तौला जाए;

---

1. मेयार = मानक, 'स्टैंडर्ड'

मुल्क़ टूटे वो ये आसार बना डालेंगे,
वो जम्हूरियत[1] को भी बाज़ार बना डालेंगे;
वोट देना तो बहुत सोच-समझकर 'हाफ़िज़',
वरना गद्दार ही सरकार बना डालेंगे;

1. जम्हूरियत = लोकतंत्र

उम्र–ए–फ़ानी[1] का इरादा देखिए,
जज़्बे–दानी[2] का इरादा देखिए;
छोड़िए बातें इरादे–संग[3] की,
आप पानी का इरादा देखिए;

1. उम्र–ए–फ़ानी = छोटी सी ज़िंदगी
2. जज़्बे–दानी = देनेवाले का जुनूँ
3. इरादे–संग = पत्थर का इरादा

जहाँ के लेन-देन में कभी रमा ही नहीं;
यहाँ जफ़ा[1] का कभी सिलसिला थमा ही नहीं;
न तो ज़मीन मिली ना ही आसमान मिला,
मैं जा रहा हूँ यहाँ मामला जमा ही नहीं;

1. जफ़ा = ज़ुल्म, अत्याचार

आज मैं हूँ तो शिकायत कर लो,
कल न हूँगा तो याद आऊँगा;
कोई मरने के बाद आया है,
जो मैं मरने के बाद आऊँगा;

बंद हर राह हुई एक डगर बाक़ी है,
रात काली है मगर एक सफ़र बाक़ी है;
मौत पाना कोई आसान नहीं है 'हाफ़िज़'
तेरे प्याले में अभी और ज़हर बाक़ी है;

वो गया, वो भी गया, वो भी गया, वो भी गया,
फिर कभी लौट के आया ही नहीं जो भी गया;
तेरी क़िस्मत ने अजब खेल दिखाया 'हाफ़िज़'
कि तुझे जो भी मिला वो ही तेरा खो भी गया;

आतिश-ए-वक़्त[1] की लपटों से गुज़रने की कसक[2],
अपने जज़्बात को आँखों में न भरने की कसक;
कोई समझेगा नहीं दर्द ये तेरा 'हाफ़िज़',
आखिरी आस के दम तोड़ने-मरने की कसक;

1. आतिश-ए-वक़्त = समय की आग
2. कसक = दुःख, संताप

ज़रा सी देर में मंज़र[1] बदल चुका होगा,
पलक झपकते ही दम भी निकल चुका होगा;
अना[2] यहाँ पे किसी की भी टिक नहीं पाई;
है आज अर्शनशीं[3] कल फिसल चुका होगा;

1. मंज़र = परिस्थिति
2. अना = अहं, 'ईगो'
3. अर्शनशीं = आसमान (ऊँचाई) पर बैठा हुआ

यहाँ पे मौत से डरने के लिए जीता है,
तू हक़ीक़त से मुकरने के लिए जीता है;
सच यही सिर्फ़ जहाँ में है समझ ले 'हाफ़िज़'
जो भी ज़िंदा है वो मरने के लिए जीता है;

तेरे सितम पे मेरा सब्र बहुत भारी है,
मेरी ख़ुदी तो मुझे जान से भी प्यारी है;
साल दर साल मुझे तू समझ नहीं पाया,
जिसे समझा है अकड़ वो मेरी ख़ुद्दारी है;

जिंदगी से ही रूठ कर बिखरे,
अपनी शाखों से छूट कर बिखरे;
आँधियों का तो कुछ नहीं बिगड़ा,
सिर्फ़ पत्ते ही टूट कर बिखरे;

प्यार की राख पे फूलों को सजाया जाए,
सुर्ख बरसात में झूलों को सजाया जाए;
आज बाज़ार में बेचें तो भला क्या बेचें,
चलो पटरी पे उसूलों को सजाया जाए;

□

नज़्म

प्यार का पहला ख़त

देखकर तुमको,
ये दिल ने कहा,
कि राह चलते-चलते,
मंज़िल मिल गई;

तुम्हारी मासूमियत,
वो खिलती हँसी,
वो कुछ न जानने की अदा,
दिल को छू गई;

तुमसे मिल नहीं सकता,
पर ख़यालों में तुम हो,
तभी ये ख़याल,
मुझे प्यारे हैं;

मेरे दिल की बात,
मेरी आँखों में लिखी थी,
पर अफसोस,
तुम न पढ़ सकीं;

सब तुम्हारे दीवाने हैं तो मैं क्या हूँ?
सोचता हूँ कि कुछ कहूँ,
पर डर है,
कहीं तुम ठुकरा न दो;

दिल नाज़ुक है,
कहूँ,
तो टूटने का डर है,
न कहूँ तो भी;

क्या तुम तब तक नहीं समझोगी,
जब तक,
दिल की बात,
होंठों पे न आ जाए?

□

अदा

दोस्तों का जी जलाने की अदा है आपमें,
प्यार करके भूल जाने की अदा है आपमें;
आपके नखरे उठाते हैं ख़ुशी से इसलिए,
हर घड़ी नखरे दिखाने की अदा है आपमें;

आपके पीछे जहाँ ये रूठ जब हमसे गया,
तो ये सोचा कोई ना हो आप तो हैं साथ में;
मुश्किलों का डर उसे हो जो अकेला हो मगर,
हम डरें क्यों आपका जब हाथ है इस हाथ में;
आज हम घबरा रहे हैं दूर होकर आपसे,
शेर के दिल को डराने की अदा है आपमें;
आपके नखरे उठाते हैं ख़ुशी से इसलिए,
हर घड़ी नखरे दिखाने की अदा है आपमें;

आपकी हर बात सिर-आँखों पे रखते आए हैं,
इस ग़ुलामी का हमें ये क्या मिला इनाम है;
चैन खोया नींद खोई और दिल भी खो दिया,
जान थी जो बच गई वो आप ही के नाम है;
पर नहीं है कद्र थोड़ी भी वफ़ा की आपको,
तोड़कर दिल खिलखिलाने की अदा है आपमें;
आपके नखरे उठाते हैं ख़ुशी से इसलिए,
हर घड़ी नखरे दिखाने की अदा है आपमें; □

कौन

कौन है जो ख़ून देगा,
कौन सारे दुःख हरेगा;
कौन है इस भीड़ में जो,
मुल्क़ की ख़ातिर मरेगा;

कुछ निगाहें तो घुमाओ,
देख लो हालात क्या हैं;
किस तरफ जाता है भारत,
मुल्क़ में जज़्बात क्या हैं;
कौन नफ़रत के ज़हर को,
कंठ में अपने भरेगा;
कौन है इस भीड़ में जो,
मुल्क़ की ख़ातिर मरेगा;

बाँटते अहले-वतन[1] को,
ज़ात-मज़हब है बहाना;
वो न मेरे हैं न तेरे,
राजगद्दी है निशाना;
कौन इन गहरी दरारों को,
मुहब्बत से भरेगा;
कौन है इस भीड़ में जो,

---

1. अहले-वतन = देश के लोगों को

मुल्क़ की ख़ातिर मरेगा;
देखता हूँ इस वतन का,
नौजवाँ अब डर रहा है;
अब ज़ुबाँ ख़ामोश है,
आँखों का पानी मर रहा है;
कौन है वो सूरमा,
ये वक़्त भी जिससे डरेगा;
कौन है इस भीड़ में जो,
मुल्क़ की ख़ातिर मरेगा;

□

तुम्हारा जन्मदिन

तुम्हारा जन्मदिन,
मनाया था मैंने,
अकेले···
एक केक खरीदा,
फिर उसको ख़ुद ही काटा,
और दो टुकड़े खाए,
हमेशा की तरह,
एक मेरा,
एक तुम्हारा;
और फिर देखा-गुना उन शब्दों को,
जो मेरे लिए तुमने कहे,
मैं कितना बुरा हूँ,
ये जानकर भी,
'हैप्पी बर्थडे टू यू'
गाया था मैंने,
हाँ,
तुम्हारा जन्मदिन,
मनाया था मैंने···

□

कुछ ख़्वाब अधूरे-से

सिमटी हुई दुनिया में, अश्क़ों के खज़ाने हैं;
कुछ ख़्वाब अधूरे-से, आँखों में सजाने हैं;

कहने को है सबकुछ, महफ़िल है तरन्नुम[1] है;
बस एक तेरी हस्ती, ना जाने कहाँ ग़ुम है;
अपने को भुलाने के, कितने ही बहाने हैं;
कुछ ख़्वाब अधूरे-से, आँखों में सजाने हैं;

हर दर्द समेटा है, हर ग़म को भुलाया है,
है सिर्फ़ वही देखा, जो तूने दिखाया है;
थोड़ी सी हक़ीक़त है, बाक़ी के फ़साने हैं;
कुछ ख़्वाब अधूरे-से, आँखों में सजाने हैं;

कुछ अश्क़ हैं लावारिस, बहने को मचलते हैं;
कुछ घाव हैं सीने में, मुद्दत से जो पलते हैं;
हसरत के सफ़ीने[2] हैं, दरिया में बहाने हैं;
कुछ ख़्वाब अधूरे-से, आँखों में सजाने हैं;

□

1. तरन्नुम = स्वर-माधुर्य, प्रसन्न करनेवाली संगीत की धुन
2. सफ़ीने = नाव, कश्ती (बहुवचन)

लहरों में सीपी

लहरों में सीपी बन के
बहते रहना···

तितली-सा चंचल दिल,
उड़ने को बेकल[1];
फूलों की बगिया में,
झरने की कल-कल;
पानी में मछली-सा,
इठलाने का मन;
बगिया में बुलबुल-सा,
कुछ गाने का मन;
रखना सब भीतर,
बाहर ना कहना;
लहरों में सीपी बनके
बहते रहना···

---

1. बेकल = उत्सुक, बेचैन

चंदा की परछाईं,
मुट्ठी में भर लूँ;
बूँदों से शबनम की,
दिल गीला कर लूँ;
भीगे-से दिल के,
खारे-से आँसू,
भारी चमकीले,
पारे-से आँसू;
अश्कों को पी-पी के,
चुप करके सहना;
लहरों में सीपी बनके
बहते रहना···

अपने दिल को पत्थर,
का करके जीना;
मरना ज़िंदा रहके,
मर-मर के जीना;
इक सपना कुछ लम्हों,
को है भरमाता;
छन्नी-से जीवन से,
पर है रिस जाता;
बनना नित बन-बन के,
फिर ढहते रहना;
लहरों में सीपी बनके
बहते रहना···

□

माँ

कुदरत का गीत है,
रब की सौगात है,
माँ खुशियों का आँचल,
माँ क़ायनात[1] है;

बिन बोली पीर है,
मीठी सी खीर है,
माँ ही मुक़द्दर है,
माँ ही तक़दीर है;
सूरज है, चंदा है,
दिन है और रात है;
माँ खुशियों का आँचल,
माँ क़ायनात है;

धरती की थाती है,
दीपक की बाती है;
दुनिया रुलाए तो,
माँ तू हँसाती है;
तुझसे हर इक नेमत,
तुझसे इफ़रात है;

---

1. क़ायनात = ब्रह्मांड

माँ खुशियों का आँचल,
माँ क़ायनात है;
घर की दीवार है,
आपस का प्यार है;
माँ ही से रिश्ते हैं,
माँ से संसार है;
अमिया की खुशबू-सी,
तेरी हर बात है;
माँ खुशियों का आँचल
माँ क़ायनात है···

□

बदक़िस्मती

बड़ी बदक़िस्मती थी बेवफ़ा से प्यार कर बैठे,
जहाँ करना नहीं था, हम वहाँ इज़हार कर बैठे;
हमें ग़ैरों ने बतलाया, हमें अपनों ने समझाया;
मगर समझे नहीं हम प्यार का इक़रार कर बैठे;

बड़े मौक़े मिले पर हम, समझ फिर भी नहीं पाए,
न पूछो इश्क़ में ख़ुद पर, सितम क्या-क्या नहीं ढाए;
बहुत तड़पे, बहुत रोए, बहुत आँखों में शब[1] काटी,
मगर उसके भरोसे पर रहे इस दिल को समझाए;
हुए हम झूठ में गुम सच से हम इनकार कर बैठे;
जहाँ करना नहीं था, हम वहाँ इज़हार कर बैठे,
बड़ी बदक़िस्मती थी बेवफ़ा से प्यार कर बैठे;

अगर टूटा है दिल तो ये ख़ता[2] केवल हमारी है,
हँसे लोगों पे पहले हम तो अब लोगों की बारी है;
बहुत जीते मगर इक हार ने सब कुछ बदल डाला,
कोई हारे न वो बाज़ी जो बाज़ी हमने हारी है;
मुहब्बत करके अपनी ज़िंदगी दुश्वार[3] कर बैठे,
जहाँ करना नहीं था, हम वहाँ इज़हार कर बैठे,
बड़ी बदक़िस्मती थी बेवफ़ा से प्यार कर बैठे; □

---

1. शब = रात
2. खता = ग़लती
3. दुश्वार = मुश्किल

फ़ासले

हर घड़ी इक और सीढ़ी,
चढ़ रहे हैं फ़ासले;
वक़्त है अब भी बुला लो,
बढ़ रहे हैं फ़ासले;

गर हमें अपना समझते हो,
तो सबकुछ बोल दो;
क़ैद जो दिल में तुम्हारे,
राज़ है वो खोल दो;
रफ़्ता-रफ़्ता[1] ये कहानी,
पढ़ रहे हैं फ़ासले;
वक़्त है अब भी बुला लो,
बढ़ रहे हैं फ़ासले;

हमने मानी बात अपने दिल की,
तुम भी मान लो;
अब भी मौक़ा है हमें,
चाहो तो तुम पहचान लो;
दूरियाँ जो कम न हों,
वो गढ़ रहे हैं फ़ासले;
वक़्त है अब भी बुला लो,
बढ़ रहे हैं फ़ासले;

□

1. रफ़्ता-रफ़्ता = धीरे-धीरे

मुहब्बत

अगन मन में लगेगी तो हमारे पास आओगे,
तड़प दिल में जगेगी तो हमारे पास आओगे;
बड़ी ज़ालिम बला है वो जिसे कहते मुहब्बत हैं,
तुम्हें जीने न देगी तो हमारे पास आओगे;

अभी जाना है जितनी दूर उतनी दूर तुम जाओ,
सितम ढाने अगर हैं शौक़ से हमपर सितम ढाओ;
ये माना सब बुझाकर सब ख़तम करके चले हो तुम,
मगर जब लौ जलेगी तो हमारे पास आओगे,
बड़ी ज़ालिम बला है वो जिसे कहते मुहब्बत हैं,
तुम्हें जीने न देगी तो हमारे पास आओगे;

तुम्हें है नाज़ ख़ुद पर क्यों न हो तुम ख़ूबसूरत हो,
बहुत मरते हैं तुम पर उन सभी की तुम ज़रूरत हो;
मगर मरती है तुम पर आज जो दुनिया वही जब कल,
तुम्हें रुसवा[1] करेगी तो हमारे पास आओगे;
बड़ी ज़ालिम बला है वो जिसे कहते मुहब्बत हैं,
तुम्हें जीने न देगी तो हमारे पास आओगे;

□

1. रुसवा = बदनाम

ऐ दोस्त लौट आ तू

बरसों के फ़ासले को, लम्हों से पाटना है;
ऐ दोस्त लौट आ तू, कुछ दर्द बाँटना है;

तुझको मैं क्या बताऊँ, तक़लीफ़ किस क़दर है;
ये मार ही ना डाले, इस बात का ही डर है;
अच्छा हूँ या बुरा हूँ, सब लोग सोचते हैं;
जो सिर्फ़ चाहती है, तेरी ही तो नज़र है;
यादों के ढेर से कुछ, टुकड़ों को छाँटना है;
ऐ दोस्त लौट आ तू, कुछ दर्द बाँटना है;

माना कि मैं ग़लत हूँ, तू तो मगर सही है;
बेशक़ बदल गया मैं, तू तो मगर वही है;
दुनिया से हूँ छुपाता, दिल में सुलग रहा हूँ,
ऐसे में सिर्फ़ तेरी ही, याद आ रही है;
कुछ है ग़िला[1] जहाँ से, कुछ ख़ुद को डाँटना है;
ऐ दोस्त लौट आ तू, कुछ दर्द बाँटना है;

□

1. ग़िला = शिकायत

तुम्हारा ख़त

डाक के डब्बे में,
देखता हूँ जब ख़तों का अंबार,
तो धीरे-धीरे,
एक-एक ख़त,
उठाता हूँ मैं,
कि कहीं उनमें,
शायद,
कोई ख़त तुम्हारा भी हो;

मिलते हैं उस ढेर में,
दोस्तों के ख़त,
मिलते हैं उस ढेर में,
सरकारी पुर्ज़े;
मिलता है उसमें,
न जाने क्या-क्या,
बस एक नहीं मिलती तो,
तुम्हारी चिट्ठी;

कभी-कभी,
दिखता है कोई लिफ़ाफ़ा,
ठीक वैसा,

जैसे लिफ़ाफ़े में,
भेजतीं थीं तुम ख़त अपने;

छटपटा के रह जाता हूँ मैं,
देखता हूँ जब,
लिखा उसपर,
अजनबी लिखावट में मेरा नाम;

फेंक देता हूँ उसे,
ख़तों के ढेर में वापस;
और शामिल हो जाती हैं उसमें,
मेरी टूटी हुई उम्मीदें;

कुछ दिन बाद फिर,
डाक के डब्बे में,
लगता है ख़तों का अंबार,
और धीरे-धीरे,
एक-एक ख़त,
उठाता हूँ मैं,
कि कहीं उनमें,
शायद,
कोई ख़त तुम्हारा भी हो;

□

न जाने क्यों

न जाने क्यों,
ये लगता है मुझे,
कि शायद तुमको भी,
मुझसे मुहब्बत है;

अगर न होती,
तो क्यों तुम;
उदास हो जातीं,
मेरी उदासी देखकर;

अगर न होती,
तो क्यों तुम,
जागती रहतीं रात भर,
मेरे साथ;

हाँ ये सच है,
कि कहती हो तुम,
कि ऐसा कुछ भी नहीं;

और सच है ये भी,
कि राह देखता रह जाता हूँ मैं,
कि शायद,
तुम बुलाओ;

सच है,
कि हर रोज़,
जागता हूँ मैं इक उम्मीद लिये,
और हर रोज़,
टूटती है वो उम्मीद मेरी;

तुम्हारा कहना,
मानता हूँ मैं,
पर,
मानता नहीं ये दिल;

और,
न जाने क्यों,
ये लगता है मुझे,
कि शायद तुमको भी,
मुझसे मुहब्बत है;

□

इंसाफ़

छीनकर रोटी मेरी उसको खिला दी,
मैं रहा भूखा मुझे ये ग़म नहीं है;
रंज[1] है इतना कि वो रोटी जिसे दी,
मुझसे बेहतर है वो मुझसे कम नहीं है;

उसने भी पाई बहुत तालीम[2] ऊँची,
उसके वालिद[3] भी कहीं पर हैं कमिश्नर;
वो है कहता ख़ुद को अंग्रेजी में 'पिछड़ा',
उसके घर में कुछ दलित-पिछड़े हैं नौकर;
नौकरी मिलने का पर जब वक़्त आया,
उसको बैसाखी मिली के दम नहीं है;
रंज है इतना कि वो रोटी जिसे दी,
मुझसे बेहतर है वो मुझसे कम नहीं है;

वो अगर 'पिछड़ा' है तो है कौन 'अगड़ा',
उसके घर में भी है ताक़त और दौलत;
उसको क्यों चाँदी की थाली पर मिला वो,
जिसकी खातिर मैंने की जी-तोड़ मेहनत,
ये अगर 'इंसाफ़' है तो 'ज़ुल्म' क्या है,
क्या मेरे इस ज़ख़्म का मरहम कहीं है;
रंज है इतना कि वो रोटी जिसे दी,
मुझसे बेहतर है वो मुझसे कम नहीं है;

□

1. रंज = दुःख, संताप
2. तालीम = शिक्षा-दीक्षा
3. वालिद = पिता

उम्र

उम्र क्या है,
कुछ वक़्त ही तो है;
और उम्र का फ़ासला क्या है,
महज़ इतना,
कि कुछ साँसें,
किसी एक ने ज़्यादा लीं;
उम्र 'ज़िंदगी' तो नहीं,
क्योंकि,
'ज़िंदगी' वो वक़्त है,
जो तुम्हारे साथ कटा,
और 'उम्र' वो साँसें हैं,
जो तुमसे जुदा-जुदा लीं;

□

दलाल

अपना ज़मीर बेचनेवालों का काम क्या,
नेज़ों[1] का काम क्या यहाँ ढालों को काम क्या;
मुल्लों से पंडितों से रखो दूर ही मुझको,
मेरे-ख़ुदा के बीच दलालों का काम क्या;

मेरे-ख़ुदा के बीच तो है प्यार का रिश्ता,
बंदों का इलाही पे ऐतबार का रिश्ता;
क़दमों पे नाख़ुदा[2] के मिटा दूँ ख़ुदी को मैं,
हस्ती पे मेरी उसके इख़्तियार का रिश्ता;

रिश्ता है रूहो-रूहे-मुतल्लक[3] का दोस्तो,
इसमें है नफ़रतों के पियालों का काम क्या;
मुल्लों से पंडितों से रखो दूर ही मुझको,
मेरे-ख़ुदा के बीच दलालों का काम क्या;

रब क़ैद नहीं है कोई ज़ंजीर नहीं है,
हिंदू या मुसलमान की जागीर नहीं है;
माँ, बाप, दोस्त, भाई, बहन, है ख़ुदा मगर,
काटे तो बेग़ुनाह वो शमशीर[4] नहीं है;

1. नेज़ों = भालों, नुकीले अस्त्रों
2. नाख़ुदा = पथ-प्रदर्शक, 'गाइड'
3. रूहो-रूहे-मुतल्लक = इंसान की आत्मा और परमेश्वर (के बीच संबंध)
4. शमशीर = तलवार

नफ़रत है जिनका दीन[1], एतिकाद[2], अक़ीदा[3],
ऐसे ग़लीज़[4] रूह के कालों का काम क्या;
मुल्लों से पंडितों से रखो दूर ही मुझको,
मेरे-ख़ुदा के बीच दलालों का काम क्या;

□

1. दीन = धर्म,
2. एतिकाद = विश्वास
3. अक़ीदा = ईमान
4. ग़लीज़ = अपवित्र

मेरा शहर (लखनऊ)

बदला-बदला सा मुझे मेरा शहर लगता है;

हाँ मेरे शहर में हैं गुंबद-ओ-मीनार[1] वही,
वही गलियाँ हैं यहाँ कूचा-ओ-बाज़ार[2] वही;
हैं वही लोग, वही बज़्म[3], वही शेर-ओ-सुखन[4],
है वही सागर-ओ-मीना[5] वही कलियों का चमन;
पर किसी शै[6] का हवाओं पे असर लगता है,
बदला-बदला सा मुझे मेरा शहर लगता है;

और बाग़ों के शहर में हैं सभी बाग़ वही,
वही घुँघरू की खनक और सभी राग वही;
दिल पे बहता है शहर के वो चमकता दरिया,
कभी सोने कभी चाँदी-सा दमकता दरिया;
आब-ए-दरिया[7] में मगर आज ज़हर लगता है,
बदला-बदला सा मुझे मेरा शहर लगता है;

---

1. गुंबद-ओ-मीनार = गुंबद और मीनार (इमारतों के अर्थ में प्रयुक्त)
2. कूचा-ओ-बाज़ार = रास्ते और बाज़ार (मुहल्लों के अर्थ में प्रयुक्त)
3. बज़्म = महफ़िल
4. शेर-ओ-सुखन = शायरी की कला
5. सागर-ओ-मीना = प्याला और सुराही (मधुशाला के अर्थ में प्रयुक्त)
6. शै = चीज़
7. आब-ए-दरिया = नदी का पानी

आज भी दिखते हैं हर ओर नज़ाक़त के निशाँ,
उसी तहज़ीब उसी शौक़-ए-नफ़ासत[1] के निशाँ;
आज भी है वही 'आदाब' सलीका भी वही,
और पलकों पे बिठाने का तरीक़ा भी वही;
घर में रखते ही क़दम डर-सा इधर लगता है,
बदला-बदला सा मुझे मेरा शहर लगता है;

अब भी इस शहर की हर शाम हसीं होती है,
अब भी फूलों से सराबोर ज़मीं होती है;
आज भी अर्श[2] पे बँधता है पतंगों का समाँ,
कभी उठते कभी गिरते हुए रंगों का समाँ;
जाने हर रंग क्यों फीका-सा मगर लगता है,
बदला-बदला सा मुझे मेरा शहर लगता है;

आज सहमी-सी परिंदों की यहाँ है बोली,
आज लगती है जुदा ईद जुदा-सी होली;
आज होते हैं यहाँ रोज़ सियासी[3] क़रतब,
लोग मिलते हैं गले देख के अपना मतलब;
आज टुकड़ों में बँटा एक ही घर लगता है;
बदला-बदला सा मुझे मेरा शहर लगता है;

---

1. शौक़-ए-नफ़ासत = अच्छा व्यवहार करने की आदत
2. अर्श = आसमान
3. सियासी = राजनीतिक

जाने किस रह पे जाता है शहर ये मेरा,
ये मेरा नूर-ए-नज़र[1] लख़्ते-जिगर[2] ये मेरा;
आज तासीर बदलती-सी नज़र आती है,
जिस्म से रूह निकलती-सी नज़र आती है;
सूखा-सूखा सा ये गुलपोश शजर[3] लगता है;
बदला-बदला सा मुझे मेरा शहर लगता है;

□

1. नूर-ए-नज़र = आँखों की रोशनी ('बेहद प्रिय' के अर्थ में प्रयुक्त)
2. लख़्ते-जिगर = बेहद प्रिय
3. गुलपोश शजर = फूलों से भरा पेड़

याद

बात न होने से,
दोस्ती टूट तो नहीं जाती;
मुलाक़ात न होने से,
कोई किसी को भूल तो नहीं जाता;
तन्हाई में मुझको,
याद आते हो तुम बेहद;
तो क्या हुआ अगर,
मैं तुम्हें,
बिल्कुल याद नहीं आता;

□

ख़्वाब

ख़्वाबों की क्या बात करें हम,
कितने देखे कितने टूटे;
लोगों की क्या बात करें हम,
कितने सच्चे कितने झूठे;

दिल का क्या-क्या हाल सुनाएँ,
क्या-क्या बात बताएँ तुमको;
कैसे-कैसे ज़ख़्म लगे हैं,
क्या-क्या ज़ख़्म दिखाएँ तुमको;
यारों की क्या बात करें हम,
कितने बिछड़े कितने रूठे;
ख़्वाबों की क्या बात करें हम,
कितने देखे कितने टूटे;

सारा जीवन ऐसे काटा,
हासिल जिसका कुछ ना पाया;
हमने पाया एक हाथ से,
भर-भर दोनों हाथ गँवाया;
मौक़ों की क्या बात करें हम,
कितने खोए कितने छूटे;
ख़्वाबों की क्या बात करें हम,
कितने देखे कितने टूटे;

□

दोस्ती

जो दोस्तों को दूर कर दे,
ऐसी कोई,
दूरी नहीं होती;

जो भूलने को मजबूर कर दे,
ऐसी कोई,
मजबूरी नहीं होती;

तुम्हारी हर खुशी,
तुमसे बढ़कर,
मुझको प्यारी है;

और मेरी कोई भी खुशी,
बिन तुम्हारे,
पूरी नहीं होती;

□

नामुमकिन

उन्हें बस देखना मुमकिन है पर पाना नहीं मुमकिन,
कि उनको चाहना मुमकिन है अपनाना नहीं मुमकिन;
ख़ुदाया कैसी मजबूरी में डाला है मुझे तूने,
यहाँ जीना नहीं आसाँ तो मर जाना नहीं मुमकिन;

बता तो ले रहा है तू मेरा ये इम्तेहाँ कैसा,
नहीं मुमकिन है उनका साथ बिन उनके जहाँ कैसा;
सहर[1] कैसी, सबा[2] कैसी, फ़ज़ा[3] कैसी, शफ़क़[4] कैसे,
के उनके बिन ज़मीं कैसी बता ये आसमाँ कैसा;
बड़ी है सख़्त मुश्किल ऐ ख़ुदा रोऊँ तो सब पूछें,
मगर क़िस्मत है कुछ ऐसी कि मुस्काना नहीं मुमकिन;
ख़ुदाया कैसी मजबूरी में डाला है मुझे तूने,
यहाँ जीना नहीं आसाँ तो मर जाना नहीं मुमकिन;

मिलाया भी है उनसे तो तड़पने की सज़ा देकर,
कभी पूरी न हो ऐसी अधूरी दास्ताँ देकर;
बड़ा ज़ालिम है मुझको दिल दिया तो दिल दिया ऐसा,
धड़कता जो रहे हरदम अधूरी इल्तेजा[5] लेकर;

1. सहर = सुबह
2. सबा = हवा
3. फ़ज़ा = बहार
4. शफ़क़ = सितारे
5. इल्तेजा = फरियाद

न तू मायूस कर इतना कि तुझसे दिल ही उठ जाए,
उठा जो दिल अगर इक बार फिर आना नहीं मुमकिन;
ख़ुदाया कैसी मजबूरी में डाला है मुझे तूने,
यहाँ जीना नहीं आसाँ तो मर जाना नहीं मुमकिन;

□

दुनिया इलाहाबाद मैं कर दूँ

मुहब्बत से, अमन से, चैन से आबाद मैं कर दूँ,
जो मेरा बस चले दुनिया इलाहाबाद मैं कर दूँ;

जहाँ ज़िंदा अदब है आज भी ज़िंदा सलीका है,
जहाँ पर प्यार देने का अलग-अपना तरीक़ा है;
जहाँ बाज़ार निकलो तो दुआ-सलाम होती है,
ख़ैरियत जानकर ही गुफ़्तगू-ए-काम[1] होती है;
लिखूँ एक नज़्म इस प्यारे शहर को याद मैं कर दूँ,
जो मेरा बस चले दुनिया इलाहाबाद मैं कर दूँ;

जहाँ 'नंदल हितैषी' आज भी ज़िंदा ज़हन में हैं,
जहाँ 'जावेद ख्वाज़ा' जी रहे अपने सुखन में हैं;
जहाँ 'नीलम बुआ' के गीत हैं, 'मीनू' की कविता हैं,
जहाँ 'भूपेंद्र', 'आशुतोष' हैं, 'अनमोल', 'सविता' हैं;
सम्हालें मंच बुद्धिसेनजी, इरशाद मैं कर दूँ,
जो मेरा बस चले दुनिया इलाहाबाद मैं कर दूँ···

जहाँ हनुमानजी लेटे हैं, गंगा पाँव धोती है,
जहाँ भारत की संस्कृति की सदा बरसात होती है;
जहाँ 'आज़ाद' की पिस्तौल का दीदार होता है,
ये ऐसी सरज़मीं है देखते ही प्यार होता है;
इलाहाबाद की यादों से दिल को शाद[2] मैं कर दूँ,
जो मेरा बस चले दुनिया इलाहाबाद मैं कर दूँ;

□

1. गुफ़्तगू-ए-काम = दुनियादारी की बात
2. शाद = खुश, प्रसन्न

न तुम वो हो

न तुम वो हो जो थे,
न मैं वो हूँ जो था;
फ़क़त मासूम यादें दरम्याँ हैं,
वो नहीं बदलीं;
मगर हम–तुम बदलकर,
हो गए कुछ और,
एकदम अजनबी–से;
हैं फिर भी ढूँढ़ते उस शै[1] को,
शायद जो नहीं बदली;
गुज़रते वक़्त की लहरों ने,
सब कुछ ही निगल डाला;
वो जज़्बातों की आँधी,
वो गुलाबी ख़्वाब की दुनिया;
वो अल्हड़पन,
वो शोख़ी;
वो दिल–ए–बेताब की दुनिया;
है अब सीने में पत्थर,
एक धड़कन;
जो शायद वक़्त और हालात में,
गुम हो नहीं बदली;
हैं फिर भी ढूँढ़ते उस शै को,
शायद जो नहीं बदली···

□

1. शै = चीज़, वस्तु

सब चले जाते हैं

सब चले जाते हैं,
आखिर तो उन्हें जाना है;
कौन रुकता है,
महज़ प्यार की ख़ातिर बोलो ?
प्यार जज़्बा है मगर,
ये भी तो सच है 'हाफ़िज़',
सिर्फ़ जज़्बात से क्या पेट भरा करता है ?
'और भी ग़म हैं ज़माने में,
मुहब्बत के सिवा';
यही सच है,
यही बस एक हक़ीक़त है यहाँ;
और बेकार की बातें हैं,
सब फ़साने हैं;
जिनका दुनिया की तिजारत[1],
में कोई मोल नहीं;
हैं तेरे पास सिर्फ़ खोखले जज़्बात यहाँ,
जो हैं बेकार,
किसी की मदद नहीं करते;
न कोई इनका खरीददार,
है ज़माने में;

1. तिजारत = व्यापार

बेचने जाओ तो कौड़ी,
के भी नहीं बिकते;
तो बता क्यों वो रुकेंगे,
तेरी जानिब[1] 'हाफ़िज़'?
सर के ऊपर तू एक,
छत भी दे नहीं सकता;
तू उन्हें प्यार की बारिश में,
भिगो सकता है;
पर बता,
प्यार से क्या पेट भरा करता है?
तू मुहब्बत में है डूबा,
ये तेरी ग़लती है;
तू मेरी बात समझ,
और याद कर ले तू;
सिर्फ़ दौलत का ही मुरीद,
ये ज़माना है;
सब चले जाते हैं,
आखिर तो उन्हें जाना है...

□

1. जानिब = पक्ष में ('तेरे लिए' के अर्थ में प्रयुक्त)

फिर तेरे दर पे नहीं

फिर तेरे दर पे नहीं लौट के आऊँगा कभी,
अब मैं तैयार हूँ सब छोड़ के जाने के लिए;
इस क़दर दूर चला जाऊँगा तुझसे 'हाफ़िज़',
तू कभी आ न सके मुझको बुलाने के लिए;

मैं दुआ ये ही करूँगा कि तू आबाद रहे,
न कभी लब पे तेरे कोई भी फ़रियाद रहे;
जो तुझे प्यार करे और तू जिसे चाहे,
उसे सीने से लगाने को तू आज़ाद रहे;
तुझे मिल जाए मेरे बाद हर ख़ुशी इतनी,
कोई कोशिश न लगे मुझको भुलाने के लिए;
इस क़दर दूर चला जाऊँगा तुझसे 'हाफ़िज़',
तू कभी आ न सके मुझको बुलाने के लिए;

न कोई ख़त न ख़बर बात न फेरा होगा,
जब मेरी रात घिरे तेरा सवेरा होगा;
मैं अगर सामने आऊँ तो दिखाई ना दूँ,
इस कदर गिर्द[1] मेरे स्याह अँधेरा होगा;
कोई जुगनू भी न आएगा उस अँधेरे में,
एक पल को भी मेरी शक़्ल दिखाने के लिए;
इस क़दर दूर चला जाऊँगा तुझसे 'हाफ़िज़',
तू कभी आ न सके मुझको बुलाने के लिए;

---

1. गिर्द = आसपास (घेरे हुए)

और इक रोज़ मेरी उम्र ये पूरी होगी,
न घटेगी कभी तब भी यही दूरी होगी;
वो मेरी राख को गंगा में बहाएँगे जब,
तेरी हर बात तेरे लब पे अधूरी होगी;
न मेरी ख़ाक मिलेगी न कोई नामो-निशाँ,
न कोई याद तेरे दिल को जलाने के लिए;
इस क़दर दूर चला जाऊँगा तुझसे 'हाफ़िज़',
तू कभी आ न सके मुझको बुलाने के लिए;

□

मेरा इंतकाम देखेगी

जो दिल में भरा तूने,
देखेगी उस ज़हर को;
भुगतेगी मेरे ग़म को,
मेरी आह के कहर को;
अपनी ख़ुदगर्ज़ी का अब अंजाम देखेगी;
ठुकरा के मेरा प्यार,
मेरा इंतकाम देखेगी;

चाहत का सिला[1] जालिम,
मतलब ही दिया तूने;
मजबूर ना थी फिर भी,
धोखा किया तूने;
नफ़रत को मेरी अब तू सुबह–शाम देखेगी;
ठुकरा के मेरा प्यार,
मेरा इंतकाम देखेगी;

तूने हर सितम जो मुझपर,
कुछ सोच के किया है;
कुदरत ने सिला उसका,
आखिर तुझे दिया है;
दुनिया शिकस्त[2] तेरी सरेआम देखेगी;
ठुकरा के मेरा प्यार,
मेरा इंतकाम देखेगी;

(फिल्म : शादी में जरूर आना, वर्ष 2017)

□□□

1. सिला = बदला
2. शिकस्त = हार